いい湯じゃのう(二)

将軍入湯

風野真知雄

PHP
文芸文庫

○本表紙デザイン＋ロゴ＝川上成夫

いい湯じゃのう㈡

将軍入湯

目次

いい湯じゃのう㈠　目次

主な登場人物

徳川吉宗《とくがわよしむね》
第八代将軍。ひどい身体の凝りに悩まされている。

水野忠之《みずのただゆき》
老中。綽名《あだな》は「ほめ殺しの水野」。

安藤信友《あんどうのぶとも》
老中。綽名は「おとぼけ安藤」。

稲生正武《いのうまさたけ》
勘定奉行。綽名は「ケチの稲生」。

大岡越前守忠相《おおおかえちぜんのかみただすけ》
南町奉行。名奉行と評判だが自己保身が強い小心者。

権蔵《ごんぞう》
お庭番。「湯煙り権蔵」と呼ばれ、湯の中では天下無敵。

あけび
美貌と腕を兼ね備えたくノ一。将来の理想は大店の女将。

天一坊《てんいちぼう》
江戸の湯屋《ゆうや》で病の治療を行う山伏。吉宗のご落胤《らくいん》と噂される。

山内伊賀亮《やまのうちいがのすけ》
天一坊の弟子。天一坊を利用した陰謀を企《たくら》む。

上野銀内《うえのぎんない》
天一坊の弟子。吉宗に揉み治療を行う。

丈次《じょうじ》
町火消〈い組〉の纏《まとい》持ち。目安箱《めやすばこ》に湯屋について投書する。

桃子《ももこ》
日本橋一番の売れっ妓《こ》芸者。富士乃湯《ふじのゆ》の常連。

第一章　湯屋《ゆうや》の稽古《けいこ》

一

とんでもないことになってしまった。

「将軍も江戸の湯屋に入ってみてはどうか」という目安箱《めやすばこ》の投書に目を通した吉《よし》宗《むね》は、じっさいに湯屋へと赴《おもむ》くというのだ。

徳川《とくがわ》幕府にとって第八代の征夷大将軍《せいいたいしょうぐん》が、町の湯屋に行くのである。

横町《よこちょう》の隠居《いんきょ》が、昼寝から覚めて、ふんどしもつけ忘れたまま、

「じゃあ、ちょいと一《ひと》っ風呂《ぷろ》」

というのとは、わけが違う。

どんな不測の事態が起きるかわからないのだ。

たとえば九州の島津《しまづ》あたりが、将軍の動向をつねに見張っていて、巷《ちまた》の湯屋にでも行こうものなら千載一遇《せんざいいちぐう》の機会とばかりに、

「チェスト、チェスト」

と、示現流免許皆伝《じげんりゅうめんきょかいでん》の暗殺者集団を繰り出して来るかもしれない。

あるいは、将軍とは露《つゆ》知らず、町の愚か者が突如として拳《こぶし》を振り上げ、ポカリとやってしまうかもしれない。

鷹狩《たかが》りに出るより危険は多いはずである。

よしんばそこまで物騒《ぶっそう》なことに至らなくても、湯のなかで腹の調子が悪い男が、将軍の鼻先に臭《くさ》い屁玉《へだま》を破裂させることだってあり得るだろう。

とにかく家来たちは、あらゆる事態に対処できるよう、準備万端《ばんたん》を整えなければならないのだ。

御座《ござ》の間から下がって来た三人は、さっそく相談を始めた。

「これは責任者がいるな」

と、ほめ殺しの老中《ろうじゅう》水野《みずの》忠之《ただゆき》が言った。

「確かに」

同じく老中のおとぼけ安藤信友《あんどうのぶとも》がうなずいた。

「湯屋奉行《ぶぎょう》とでも名づけるか」

「それはよい」

水野と安藤は、じろりとケチの勘定《かんじょう》奉行稲生正武《いのうまさたけ》を見た。

「は？」

稲生の顔が強張《こわば》った。

「これは極秘事項。成り行きを知らぬ者に声をかけ、秘密を知る者を増やすより、この三人のなかから任命すべきではないかな」

水野の意見に、

「まさに」

と、安藤も賛成した。

これはもう、どう見たって稲生になれと言っているようなものである。

「わたしは勘定奉行の職にありますが」

「兼務でよいではないか」

「し、承知いたしました。では、勘定奉行兼湯屋奉行ということで」

稲生はなかば無理やり承知させられた。

「それではさっそく、湯屋奉行として意見を述べさせていただきますが」

「拝聴いたす」

「これは上《うえ》さまも含めた綿密《めんみつ》な予行演習が必要ですぞ」

と、稲生は二人を見て言った。

「予行演習？」

水野と安藤は素《す》っ頓狂《とんきょう》な声を上げた。

「いきなり巷の湯屋に行こうものなら、上さまばかりか供の者も戸惑うことになるのは、わかり切っております」

と、稲生は言った。

「確かにそうだ。わしは何としてもお供いたすつもりだが、町の湯屋になぞ入ったことがない」

水野が言えば安藤も、

「わたしもだ」

「湯屋奉行を拝命したわたしもありませぬ」

「まるっきり勝手のわからぬ者がぞろぞろ行ったりしたら、どういうことになるかな？」

水野が不安げな顔で言った。

すると安藤が、

「とんでもないしくじりをして、町の者に笑われるでしょうな」

と言って、自分でも笑った。

「笑われるだけならまだしも、町の者は怪しんだりするでしょう。すると、噂が噂を呼び、もしかしたら上さまが来ていたのではないかという話になってしまうかもしれませぬ」

稲生は眉間《みけん》に皺《しわ》を寄せて言った。

「それはまずいな」

「世間知らずの旗本の隠居《いんきょ》という小芝居《こしばい》では済まなくなるか」

「おそらく」

と、稲生はうなずいた。なにせ責任者にさせられたので、楽観的にはとてもなれないのである。

「では、まずは三人で当の湯屋に入りに行くか」

水野がそう言うと、

「いやいや、われらは行けても、上さまは行けませぬぞ」

と、稲生は言った。

「では、上さまも予行演習で行くのか？」

安藤が訊《き》くと、

「安藤さま。それでは本番と同じ」

稲生は呆《あき》れた調子で言った。

「では、どうする？」

「策はあるのか？」

二人に訊かれ、稲生は言った。

「われながら勿体《もったい》ないとは思うのですが、この本丸《ほんまる》の庭に〈富士乃湯《ふじのゆ》〉を再現いたします。そこでしっかり稽古《けいこ》をしたうえで、じっさいの富士乃湯に行けば、つまらぬしくじりはしないで済むのではないでしょうか？」

「富士乃湯を再現！」

「それは大掛かりだな」

稲生の策に、水野と安藤も驚いた。

「たかだか湯に入るのに、そこまでするか」

「しょせん一回だけなのに」

二人はすぐには了承《りょうしょう》しない。

「一回で済みますかな？」

稲生が言った。

「え？」

「上さまが、もしもお気に入りでもしたら、また行くと言い出しかねないのでは？」

「ほんとだ」

「上さまならあり得るな」

「であれば、なおさら巷の湯屋の慣習や掟《おきて》などは、知っておいたほうがよいのでは？」

稲生の言葉には説得力があった。

かくして富士乃湯再現の策は了承され、水野たちと城の普請方《ふしんかた》がそっと富士乃湯を見に行き、図面を引いて建造にかかることになった。

ただ、問題が出た。

町の湯屋には、必ず二階があり、そこで客が茶を飲んだり、将棋《しょうぎ》を指したりしてくつろいでいる。その二階も再現するかということ。

もう一つ、湯屋の裏手には大きな釜《かま》があり、そこで湯を沸かすのだが、その釜まで再現するかということ。この二点。

「やるべきだろう」

「そっくり再現するなら当然だ」

水野と安藤は賛成したが、

「うーん、そこまでは」

と、ケチの稲生は渋った。

「上さまが二階に行くことがあるでしょうか？」

「ないか」

「むしろ、それはお引き止めするべきでしょう」

「誰がいるかわからぬしな」

「釜焚《た》きのところも、上さまはのぞかれたりはなさりますまい」

「そうじゃな」

「もし、二階に大釜まで再現すれば、建造費は莫大なものとなりましょう」

ケチの稲生が本領を発揮した。

かくして、再現するのは出入口に番台《ばんだい》、着替えの間に洗い場、ざくろ口と湯舟までと決まった。

決まれば普請方の仕事は早い。十日後には、本丸中奥《なかおく》の西の庭に、江戸城富士乃湯が完成した。

二

「上さま。これが富士乃湯にございます」

水野たちは、吉宗をでき上がったばかりの模擬《もぎ》富士乃湯へ案内した。

すでに報告は受けていたが、吉宗も見るのは初めてである。

「ほう。これがのう」

「ここで巷の湯に入る稽古をしていただき、本番でのご無事を確実なものにしたいと考えた次第《しだい》であります」

水野が重々しく言った。

「ここまでしなくてもよかったのではないか？」

「いえ。やはりつくってよかったと、最前も申しておった次第でございます。まずはなかへとお入りになっていただきます」

水野が手で吉宗を促《うなが》した。

「うむ」

目の前にのれんがかかっている。

お城のなかにのれんなどはない。和歌山城にもなかったし、江戸城にもない。すなわち、初めて見るものである。

「これは、どうするのか？」

吉宗は訊いた。

「ほら、おわかりにならないでしょう？　これはこうするのでございます」

水野は指先でのれんを撥《は》ね上げ、すっとくぐってみせた。

「こう、ぴっとやるのが粋《いき》なのだそうです」

「ぴっとだな」

吉宗は何度か稽古をした。

「それで、入りますと、わきにこの番台というものがございます。上さまが行かれる富士乃湯では年寄りのあるじか、その妻か、あるいは長男である馬鹿息子が座っています。その誰になるかは、予測がつきません」

いまは、代わりに普請方でいちばん年嵩《としかさ》の者が座っていて、

「上のほうから失礼いたします」

と、詫《わ》びた。

「この者は何のためにいるのじゃ？」

「湯銭《ゆせん》を取るためでございます。一人六文《もん》（約百二十円）。ですが上さまがそれを出す必要はございません。われらがまとめて払いますので、上さまはお気になさらず、まっすぐお通りになってかまいませぬ」

するとと吉宗は、意外なことを言った。

「いや、自分で払う」

征夷大将軍が自分で湯銭を払うというのだ。

「不浄《ふじょう》のものですぞ」

「ご勿体ない」

「それはわたしどもで」

三人はこぞって反対した。

「なにが不浄だ。そういうこともせずして、湯屋を検分することになるものか」

吉宗は厳しい口調で言った。

吉宗に叱《しか》られ、水野たちは、

「御意《ぎょい》」

と、頭を下げた。

当日は、ちゃんと六文を吉宗に渡しておかなければならないだろう。

「それで、入りましたここが、着替えをする板の間になっております」

水野は手を広げて言った。

吉宗はぐるりと見回し、

「なかなかきれいではないか」

「いえ。これは古材を集めて作ってはありますが、それでもじっさいの湯屋は、こんなにきれいではございません」

「なるほど」

「富士乃湯は男女入れ込みですので、そっちのほうでは女が着替えをいたしております」

「ほう。おなごもいるのか」

吉宗の鼻の下が、少し伸びたように見えた。

「ですが上さま、おなごと申しましても、大奥《おおおく》にいるような若くて見目《みめ》のよいおなごなどは、まずおりませぬ」

「そうなのか?」

「元の体形は失われ、だらしなく崩れてしまった者や、はたしてこれがおなごなのかと首をかしげてしまうような者もおります。また、そういう者ほど恥ずかしがったりもしませんから、うっかり目をやると丸見えになりますので、そっちのほうにはできるだけ目をやらないほうがよろしいかと存じます」

「わかった」

「では、お着物をお脱ぎください」

「いま脱ぐのか？」

「稽古をしておきませぬと」

「なるほど」

「湯屋でわれらが上さまのお着替えを手伝ったりいたしますと、おかしなことになりますので」

「それはそうだろう。安心せい。そんなことはわしだってできる」

と、吉宗はすばやく裸になってみせた。

「上さま。脱ぐのは簡単でございますが、着るほうはいかがでしょうか？」

「え？」

吉宗は唖然《あぜん》とした。かつてはできたはずなのに、いまやふんどしがつけられず、帯が結べなくなっていたのだった。

「いざ、ご自分でなさると、意外に難しいものでございましょう」

水野が笑いたいのを我慢して言った。

「そうじゃな」

六尺ふんどしは、股《また》を怪我《けが》して巻かれた晒《さらし》のようだし、着物の帯も右左どっちから巻いたらいいのかもわからなくなったらしい。

「当日は、ふんどしは越中《えっちゅう》にし、袴《はかま》も召されず、簡単な着流しにしてお出かけになるのがよろしいかと存じます」

「そういたそう」

「脱いだものは籠《かご》に入れて、この衣服棚に置きますが、性質《たち》の良くないのが盗んだりすることも、たまにあるそうでございます」

「それはいかんな。盗まれたら、わしは裸で帰る羽目《はめ》になるではないか。それはいくらなんでもみっともないぞ」

吉宗は慌《あわ》てたように言った。

「はい。ですが当日は、小姓《こしょう》を下男《げなん》役にして、番をさせますので、その心配はご無用です」

「そうか」

吉宗はホッとしたらしい。

「ただ、面倒《めんどう》なのは刀でございます」

「差して入るのか？」

　と、吉宗は訊いた。

「いえ、それは無理です。湯屋には刀掛けがあり、武士はそこに刀を掛けてから入りますが、上さまの佩刀《はいとう》はなにせ葵《あおい》の御紋《ごもん》が入っていますから、目立ってしまいます」

「そうじゃな」

「ですので当日は、無紋の刀をお持ちいただくことになります」

「致し方あるまい」

　と、吉宗は納得した。

「さて、裸におなりいただいたら、この洗い場を通り、まずは湯舟でゆっくり温まっていただきます。その際、洗い場が濡《ぬ》れていて、たいへん滑《すべ》りやすくなっておりますので、お気をつけいただかないといけません」

「そのようじゃな」

「万が一、滑られたときは、わたしも素早く手を差し出す所存ですが、上さまも受け身を取っていただきとうございます」

「うむ。あとで稽古をしておこう」

吉宗は、手で板の間の床を叩くようなしぐさをした。

三

「さて、いちばん肝心《かんじん》な湯舟ですが、それはこの、ざくろ口というのをくぐった向こうにございます」

水野は、洗い場の先にあるざくろ口を軽く叩いて言った。

「ほう。これはなぜ、ざくろの口なのじゃ？」

「は？　言われてみると、たしかに、なんでそう呼ばれるのでしょうか」

水野が困った顔をしたので、

「わたしが聞いたところでは、ざくろの実はかつて鏡を磨くのに使われました。それで、屈《かが》んで入るところから、鏡要《い》る、屈み入るの洒落《しゃれ》でそう呼ばれるようになったとか」

と、安藤が助け船を出した。

「なるほどな」

「屈んで入るのは、腰痛《ようつう》をお持ちの上さまには大変かと存じますが」

水野は説明をつづける。

「うむ。幸い、腰のほうは上野銀内《うえのぎんない》の揉《も》み治療のおかげでいくぶん楽になっている。肩のほうは、まだまだひどいがな」

「そうでございますか。それで、このなかはかなり暗くなっております。あとで、湯も入れて、湯屋のようすをすべて再現いたしますが、湯気《ゆげ》も、むせるほど立ち込めております」

「さようか」

吉宗は、裸のまま、空《から》の湯舟に入ってみた。

だが、湯がないので、当然、入った気にはならない。便意がないのに厠《かわや》でしゃがんだような気分である。

「さて、ここでしっかり温まりましたら、洗い場のほうへ出ていただきます」

「うむ」

吉宗は、水野に言われるままである。

「まず、こちらの水桶から、ご自分の桶に水を汲《く》んで、ぬか袋でもってお身体《からだ》をこすり垢《あか》を落とします。お城の湯に入るときのように、すべて家来がやるというのは不自然ですので、お背中以外は上さまがご自分でこすっていただきとうございます」

「当然だろうな」

吉宗は悠然《ゆうぜん》とうなずいた。

「それで最後にその小さな窓のようなところから、桶に一杯だけ、上がり湯というのをもらいます。水のほうは使い放題ですが、湯は倹約のため一杯しかもらえませんので、これはケチケチお使いいただかないといけません」

「うむ。ケチケチ大いに結構だ」

吉宗はつねづね質素倹約を奨励《しょうれい》しているので、むしろこれには大喜びだった。

着替えの板の間まで出て来て、

「これで、ざっとでございますが、湯の入り方をご説明させていただきました」

と、水野は言った。

「確かに初めてだったら相当戸惑うことばかりであったな」

　吉宗も、ようやく予行演習の必要性を納得したらしい。

「おわかりいただき、ありがとうございます。では、先ほどの湯舟に湯を入れ、客も用意して、ふだんの湯屋のようすを再現いたしますので、少々お待ち願います」

「うむ」

　吉宗は、着物を着て外に出ると、中奥の廊下に腰かけ、皆が慌《あわ》ただしく仕度《したく》するのを面白そうに眺めた。なにをしているのかは、裏のほうなのでよくわからない。

　やがて、水野たちが来て、

「上さま。仕度が整いました。では、江戸は日本橋北、一石橋《いっこくばし》たもとにございます〈富士乃湯〉に、ご案内つかまつります」

　と、言った。

「よし、参ろう」

　吉宗もすっかり役者気分である。

先頭に立ち、いざのれんを分けようとして、

「先ほどから気になることがあった」

と、吉宗は動きを止めた。

「なんでございましょう?」

水野が訊いた。

「そのほうたち、ずっとわしのことを上さまと申しておったな」

「あ」

「湯屋に行って、上さまと呼んでいたらまずいのではないか。上さまを名乗る不届き者だと、町方《まちかた》に通報でもされたら大騒ぎになるぞ」

「おっしゃる通りにございます。なんとお呼びいたしましょうか?」

「徳川さまでよくないか?」

「いや、徳川を名乗る武士はほとんどおりませんので、皆、振り向きます」

「ふつう、旗本は家来になんと呼ばれる?」

「殿です。隠居なされば大殿《おおとの》でございますな」

これは旗本である稲生が答えた。

「では、大殿にせよ」

「ははっ」

当日の呼び方も決まった。

四

吉宗は、のれんを指先で撥ね上げて中へ入った。

「ほう」

すでに着替えの板の間では裸になっている者がいる。奥のほうは湯気で煙って
よく見えない。

「いらっしゃい」

番台の男が言った。

「あ、そうじゃ。湯銭じゃな」

後ろから水野が六文を渡した。

「ほら。一文、二文、三文……」

ちゃんと数えながら、六文を置いた。

さらに中へ進むと、右手のほうには裸の女までいるではないか。見覚えもあるので、大奥の女中を駆り出したらしい。

吉宗は目を逸《そ》らし、左側の隅に行って衣服を脱ぎ始めた。そのわきでは、水野、安藤、稲生の三人もいっしょに脱いでいる。

「え？　そなたたちもいっしょに入るのか？」

吉宗は意外そうに訊いた。少し嫌がっているふうである。

「もちろんでございます」

安藤が答えた。すでに素《す》っ裸《ぱだか》である。

「申しておくが、わしはあっちのほうの好みはないからな」

「は？」

「若い小姓でも嫌なのに、そなたのようなじじいはもっと嫌だと言うのじゃ」

吉宗は皮肉な笑みを浮かべて言った。

「ああ、それは残念でございますなあ」

安藤も笑いながら答えた。

「あっはっは。このお調子者めが」

吉宗は、裸の三人を引きつれ、機嫌よく洗い場を通り過ぎ、ざくろ口をくぐった。

なるほど、中は湯気で煙り、明かりもないので、薄ぼんやりとしか見えていない。

「まずは、温まるわけだな」

「そうでございます」

吉宗が先に湯舟に入り、水野、安藤、稲生とつづいた。

「広いな」

湯に浸《つ》かって、吉宗は言った。

「富士乃湯とまったく同じ広さに造りました」

「さようか。ん？」

暗がりの向こうに、女の影がある。そこへまた一人、女が入って来た。

大奥の女中たちが協力しているのだ。

吉宗と女たちの影とのあいだは、一間《けん》（約一・八メートル）足らずである。

裸だというのもうっすら見えている。

そのぼんやりしたところが、なおさら色っぽく、想像力をかき立てる。

「こんなに近いのか？」

吉宗は、声を低めて水野に訊いた。

「そうなのでございます。わたしたちも、いざ富士乃湯に浸かってみて驚いたのですが」

「そなたたちは、すでに入って来たのか？」

「もちろんです。どんな面倒ごとが起きるかわからないので、われら三人も三度ずつ入って確かめて参りました」

水野が答えると、安藤と稲生もうなずいた。

「それにしても、湯気の向こうに見える女というのは色っぽいのう」

吉宗は小声で言った。

「そうですか？」

「まずいんじゃないのか？」

「まずいとは？」

「興奮すると湯から出にくくなるだろうが。男ならそこらは察せよ」

吉宗は、さらに低い声で言った。

「あ、なるほど。わかります」

「そういうときは、どうしたらよい？」

「わたしは、そういうときは苦手《にがて》なもののことを考えました」

「苦手なもの？」

「雷とミミズが苦手なので、ミミズが雷に打たれたところを想像すると、興奮は治まりました」

「わしは、厠の臭《にお》いと白髪《しらが》ネギが苦手じゃ」

「では、白髪ネギを食い過ぎたあとの厠の臭いを想像していただくと」

吉宗は顔をしかめ、

「うむ。治まった」

「ようございました」

「それで、いつ、行く？」

「いま、外の警護の態勢を検討しておりまして、おそらく三日後くらいになるかと」

「さようか。これは、ほんとに楽しみになってきたのう」

吉宗は嬉《うれ》しそうに言った。

だが、お役人の想定することは、江戸時代から甘いのである。

これから、いざ将軍吉宗が本物の富士乃湯に入って巻き起こる大騒動のことは、まったくの想定外なのであった。

第二章　闇のなかの野望

一

吉宗《よしむね》が城内の富士乃湯《ふじのゆ》に入った翌日――。

揉《も》み治療師の上野銀内《うえのぎんない》が、吉宗の背中を揉みながら、

「おや？」

五歩進んでから三歩もどったみたいな調子で、首をかしげた。

「どうかしたか、銀内？」

と、吉宗が訊《き》いた。

「はい、上《うえ》さまのお背中の凝《こ》りが、いくぶん緩和《かんわ》しておられまして。なにかお身体《からだ》によろしいことなどをお試しなされましたか？」

「いや、とくにはしておらぬ。ただ、楽しみなことができてな、少しだけ気が晴れたかもしれぬ。そういうのは、凝りにも効くのだろう?」

「もちろんでございます。気詰まりなことがあれば、凝りはひどくなり、楽しみがあれば、凝りも緩和いたします」

「であろうな。人の身体は、心にずいぶん左右されるものよのう」

つまりは、民《たみ》の暮らしに楽しみが多ければ、気持ちは安らぎ、身体にもいいのである。健康であれば働きもよくなり、当然、税収も豊かになる。為政者《いせいしゃ》たる者、そうしたよき循環を念頭に置いて政《まつりごと》をなすべきだろう。

「上さまは、なにをそんなにお楽しみになさっておいでなのでしょう?」

銀内は、アリがようやくくぐれるくらいの薄目を開け、二人の小姓《こしょう》と、廊下にいる南町奉行所《みなみまちぶぎょうしょ》の与力《よりき》の存在を確かめてから訊いた。

「さて、なんであろうなあ」

吉宗は、とぼけた。

「ははあ、おなごさまでございますか?」

銀内もしらばくれた調子で、さりげなく突っ込んで訊いた。

すると、廊下の奉行所の与力から、

「銀内。余計な問いは無用」

と、叱責《しっせき》があった。

「あ、申し訳ございませぬ」

銀内は慌《あわ》てて詫《わ》びた。

山内伊賀亮《やまのうちいがのすけ》からは、

「慌てずに、とにかく上さまの信頼を勝ち得るよう努力せよ」

と、言われている。

いまは監視も厳しいだろうが、そのうち必ず、隙《すき》が生まれてくる。そのときには、吉宗に直接、こちらが訴えたいことを耳に入れてもらうことになるだろうと。

銀内は言いつけを懸命に守っている。

銀内は一刻（二時間）近く汗びっしょりになって、吉宗の大きな身体を揉みほぐした。

手足の太さは、常人の二倍ほどはある。途中、休み休みしないと、とてもじゃないが揉み切れるものではない。

――こんなに疲れるのは、ほかにはくじらを解体する漁師の仕事くらいではないか。

と、思うほどである。

「本日はここまでで」

荒い息をつきながら、銀内は言った。

「……」

吉宗からの言葉はない。たいがい、このころには大いびきで寝てしまっている。

「うむ。ご苦労であった」

と声をかけるのは、大岡《おおおか》の命《めい》で南町奉行所から来ている与力である。それから礼金の十両（約八十万円）を頂戴《ちようだい》し、銀内はお城の大手門《おおてもん》から外へ出た。

十両といったら大金である。長屋住まいの庶民であれば、十両あれば家族が一年をどうにか暮らすことができる。それをわずか一刻の揉み治療で稼いでしまうのだ。

もっとも銀内のほうはへとへとになる。とにかく吉宗の凝りは凄《すご》い。銀内の治療でだいぶ柔らかくなったとはいえ、それは揉みあげたあとのことで、中二日も空《あ》けたりすると、すっかり元の硬さにもどってしまう。

――それくらい将軍は疲れるのだろう。

銀内は吉宗に同情さえ感じてしまう。お城に上がれば、銀内は一挙手一投足《いっきょしゅいっとうそく》を監視されるが、それは吉宗も同じなのである。監視という言葉は当たらないにせよ、家臣たちによっていつも見られている。朝から晩まで、風呂や厠《かわや》に入るときでさえも。

それはどんなに鬱陶《うっとう》しいことだろう。

――あれでは、ひどい凝りも当然だわな。

銀内はそう思いながら、鍛冶橋御門《かじばしごもん》を出て、足を新両替町《しんりょうがえちょう》、江戸っ子が呼びならわすところの銀座《ぎんざ》へと向けている。

自分の凝りをほぐすため、まずは一《ひと》っ風呂《ぶろ》浴びたいところだが、そうはいかない。

もらった金を、待っている山内伊賀亮に届けなければならない。

十両の礼金は、一文《もん》たりとも銀内のものにはならない。すべて、山内に差し出すことになっているのだった。

二

「おっと、ここだ、ここだ」

銀内は、目が見えないふりをしているので、危《あや》うく待ち合わせの店を通り過ぎるところだった。

うなぎ屋の〈おか十〉。

ここのかば焼きが、たまらなくうまい。

揉み治療で得た十両がまったく銀内の稼ぎにはならないかわりなのだろうが、山内とは銀座のいろいろな店で待ち合わせ、そこでうまいものを食べ、精をつけさせてもらう。

今日は、二丁目の裏通りにあるここ〈おか十〉にした。

銀内は、とにかく江戸で初めて食べたうなぎのかば焼きというのが大好きで、山内との待ち合わせのほとんどは、うなぎ屋にしてもらっている。

うなぎのかば焼きは、元禄《げんろく》のころに登場し、たちまち人気の料理になった。だが、吸い物、なます、刺身、うなぎ酢、味噌《みそ》焼きなどの調理法が混在し、かば焼きだけの店が出て来るのは、もう少しあとのことになる。〈おか十〉でも、さまざまな調理をしたうなぎを出すが、銀内が頼むのはもっぱらかば焼きだった。

店に入った銀内は、なかを見回した。

山内は、土間《どま》から上がった板敷の間の屏風《びようぶ》の陰に座っていた。

「お、銀内、ご苦労だったな」

「いやあ、今日も疲れました」

吉宗を揉むのは、三日に一度にさせてもらっている。当初は二日に一度と言われたが、とても体力がつづかない。

「これはいつもの」

銀内は十両を手渡した。

「うむ」

山内はうなずいて、それを懐《ふところ》に入れる。いざというときの資金として貯め込んでいるらしいが、その「いざというとき」とはなんなのか、銀内はまるで見当がつかない。

「じゃあ、わたしはいつものようにかば焼きを二人前で」

銀内は注文し、焼き上がるのを待った。

山内はうなぎを食べない。

それを知ったとき、

「こんなうまいものを?」

と、銀内は驚いて訊いた。

山内は憤然《ふんぜん》として言ったものである。

「うなぎには毒がある」

じっさい、うなぎの生血《いきち》にはかなりの毒性があり、それを飲めば生命の危険さえあるほどである。

ただし、熱を加えることで毒性は失われる。うなぎのかば焼きを食べてもなんともないのは、そのせいである。

そのため、うなぎの刺身をつくる際は、ていねいに血抜きをしなければいけない。

山内伊賀亮は、なぜかそうした知識を以前から持っていた。

それともう一つ、うなぎを捌《さば》くときは、あの長い胴に包丁を入れ、つつーっと一直線に割《さ》いていく。それがあたかも切腹を思わせる。首だって、すとんと落とされる。

後に、武士が多い江戸では、うなぎを背のほうで割くようになったのは、やはり切腹を連想させるからのようだ。

——武士にうなぎは駄目《だめ》だろう。

山内は豪胆《ごうたん》そうに見えて、けっこう縁起《えんぎ》をかつぐのである。

いくら銀内がうまそうにうなぎのかば焼きを食べようが、自分は決して口にしない。漬け物を肴《さかな》に、ちびちび酒を飲んでいる。

その銀内は、焼き上がってきたうなぎをうまそうに食べながら、

「今日、上さまのお背中がいつもより柔らかくなっておりまして、訳を訊くと、なんでも楽しみなことができたからだとか」

と、言った。

「楽しみなことだと？」

山内の目が光った。人は、楽しみにこそ、付け入る隙を見せるのである。

「はい。どんな楽しみなのかとお訊きしましたが、そばにいた奉行所の与力から、余計な問いは無用だと叱《しか》られました。監視はかなり厳しいです」

「そのようだな」

山内は、むっつりしてうなずいた。

やはり、あの大岡越前《えちぜん》というのは抜かりのない男である。大岡裁《さば》きに持ち込むのにしくじったのは、かえってよかったかもしれない。

大岡は、江戸町奉行の管轄から外れる品川《しながわ》あたりを天一坊の居場所にすればよいと言っていたという。となると、今後、品川を舞台にした騒ぎの裁きを担当する者を、いまからでも探っておくべきだろう。お白洲《しらす》で勝利するためには、事前の準備こそ大切なのだった。

天一坊《てんいちぼう》が、将軍吉宗の隠し子であること。

それはまだ、公《おおやけ》にはしていない。

大岡越前にだけは、山内の口から、

「上さまの落とし胤《だね》」

と語ってあるが、それはあくまでも山内の推論としてである。

こちらから言い出すのは、ぎりぎりになって、問いかけに答えるというかたちにしたい。

それまでは、巷《ちまた》に噂を広めていく。

「もしかしたら、天一坊さまは、たいそうな血筋のお方なのではないか」

「たいそうなとは？」

「天一坊さまは紀州《きしゅう》の生まれ。ということは？」

「あっ、あのお方か？」

「あの気品《きひん》で、紀州のお生まれだったら、そうとしか考えられまい」

「確かにそうだ。天一坊さまは、あの方の隠し子であらせられる」

こうした推測の積み重ねで、

「天一坊さまは上さまの隠し子らしい」

という説が、広く行き渡る。

むろん、こうした推論になるように、天一坊をそれらしく演出し、ほかの噂もばらまいておかなければならない。

だが、天一坊当人は、一言もそんなことは言っていないのである。

この無欲さが、逆に天一坊は吉宗の隠し子説の真実味を増すことになる。

山内伊賀亮は、そういう計略を立てていた。

そもそも天一坊に欲はないのである。

自分の父は、将軍吉宗かもしれないと疑ってはいるが、それを訴え出て、相応《そうおう》の身分、地位を得ようなどとは、まったく思っていない。

湯の神を崇《あが》めることが、この世に平安をもたらし、民を幸せにすると信じている。

しかも、自分が会得《えとく》した治療法によって、多くの人の病《やまい》を治し、感謝されることを無上の喜びとしているのだ。

立派なものである。

だが、最後には天一坊の欲が必要になる。

自分が相応の身分や地位を得てこそ、民を幸せにできるのだと思わせれば、欲も自然と生まれるはずである。

——それができるのはわしだけ……。

山内には自信があった。

三

「上さまの凝りのほうはどうだ?」

山内伊賀亮は、銀内に訊いた。

「中二日ほど空けると、元にもどっていたりしますが、わたしも一所懸命揉んでいますので、深いところの凝りはゆっくりですがほぐれてきています」

「うむ。その調子でよかろう」

「熱海《あたみ》の湯はまだ来ていないようです」

「そうか」

と、山内はしらばくれた。

仲間の別の一団が、温泉への工作をおこなっていることを、銀内には話していない。計略のすべてを把握《はあく》しているのは、山内一人でいいのだった。

「これで温泉の力が加われば、上さまの凝りはいっきに解消へむかうはずです」

と、銀内は言った。

「それはどうかのう」

「と、おっしゃいますと？」

「この先、将軍には難しい悩みごとが増えるような気がする。ということは、凝りはますますひどくなるだろう」

山内はそう言って、かすかに微笑《ほほえ》んだ。

銀内はまだうなぎをむさぼり食っている。串までせせるところは、いかにも口が賤《いや》しい。そういえば、銀内は顔もうなぎに似てきた気がする。

「さて、わしはいまから調べなければならぬことがある。うなぎは追加で頼んでおくか？」

「では、あと二人前ほど」

「うむ。ゆっくり食って帰るがよい」

山内は勘定《かんじょう》を済ませ、外に出て歩き出した。

根津《ねづ》に向かっている。今日も幼馴染の悪友、喜三次《きさんじ》の賭場《とば》に、江戸城茶坊主頭《がしら》の児島曹純《こじまそうじゅん》が来ているに違いない。

調べてみると品川の揉めごとの裁きは、おそらく関東郡代《ぐんだい》が担当するはずである。その関東郡代の職は、たしか伊奈《いな》氏が代々継承《けいしょう》していた。

当代《とうだい》の伊奈氏はどんな人物なのか?

児島曹純は、大名や、重要な役職についている旗本に関しては、とにかく詳しい。アリの餌探《えささが》しのように熱心で、過去の手柄やしくじりはもちろん、側室の数だの、その出自《しゅつじ》だの、閨房《けいぼう》の癖のことまで知っている。

もちろんそれが飯《めし》の種にもなるからだが、それだけではない。あの男は、他人の弁慶《べんけい》の泣き所について知ることが、無上の喜びなのだ。根っからの、下衆《げす》な人格なのだろう。

当然、伊奈氏のことも知っているはずである。

喜三次の賭場に入ると、児島曹純がいかにも機嫌よさげに盆茣蓙《ぼんござ》の前にいるのが見えた。

山内はそばに寄り、

「どうだな、調子は？」

と、訊いた。

「ああ。この数日、福の神と友だちになったみたいに調子がいい。損はすっかり取り戻した」

「それはよかった。じつは訊きたいことがある」

「どうした？」

と、児島曹純は盆蓙蓙を離れ、部屋を出た。

腹も減っていたらしく、別室で酒と肴を頼み、山内にも勧《すす》めた。肴は「桜鯛《さくらだい》の尾頭付《おかしらつ》き」ときた。勝っているので気前もいい。

「じつは、知り合いが品川で面倒《めんどう》ごとに巻き込まれ、裁きを受けるかもしれぬ。あのあたりの揉めごとを担当するのは関東郡代か？」

山内は訊いた。

「そうさ。伊奈半左衛門《はんざえもん》が裁くだろうな」

児島は呼び捨てにした。

「どういう人物だ？」

「まあ、自慢家と言うと、ぴったりするかな」

「自慢家？　自信家とは違うのか？」

「違う。伊奈家という家柄の自慢に始まり、嫁の自慢、倅《せがれ》の自慢、誰彼《だれかれ》となく吹聴《ふいちょう》している」

「まあ、伊奈家は立派な家柄ではあるな」

「たしかに、関東きっての名家だし、先代は義憤《ぎふん》の人として有名だった。だが、それだけではない。当代の嫁は、一万三千石《ごく》の大名家からもらったが、伊奈家なら旗本でもかまいませぬと、嫁に来てくれたのだそうだ」

「それはまた」

「しかも、顔は美人とは言い難いが、気品が違うそうだ。そこらに咲くサザンカの花も、柿右衛門《かきえもん》の壺に挿《さ》せば気品が生まれる。それが大名家の娘というものなんだと」

「自分でそういうことを言うかな」

鼻持ちならぬ人柄らしいが、嬉《うれ》しいことに頭は相当悪そうである。

「その嫁自慢に加えて、倅自慢もある。倅は学問が大好きで、なんでも学問にする。たとえば、犬の鳴き声が気になれば、犬の鳴き声学というものを創設する。刺身がうまかったら、刺身学を創設する。そうやって、自分でつくった学問が三百近くあり、どれもその道の権威《けんい》になっているそうだ」

児島はそう言って苦笑《くしょう》した。

「なるほど。そりゃあ、たいした自慢家だな」

山内も笑って言った。

そういう男なら扱いやすい。家柄自慢の男なら、天一坊の生まれに圧倒されるだろう。

「ただ、大きな裁きになると、裁くのは、伊奈半左衛門ではないぞ」

と、児島は言った。

「誰だ?」

「裁きは評定所《ひょうじょうしょ》に上げられる。となると、担当は勘定奉行の稲生正武《いのうまさたけ》さまだな」

今度はちゃんと敬称をつけた。

「どういう人物だ?」

「綽名《あだな》はケチの稲生」

「ケチの稲生か」

ずいぶん直截《ちょくせつ》な綽名になったものである。

「まあ、稲生さまのケチぶりといったら、とにかく屋敷からゴミというものがいっさい出ない」

「ゴミはどうしたって出るだろう？」

「出ない。魚を一匹買うとするわな。ふつう頭だの骨だのはゴミになる。だが稲生家ではそれらを乾煎《からい》りにして細かく砕き、飯に振りかけて食う」

「ほう」

「飯はもちろん玄米《げんまい》。庭はすべて畑になっている。それどころか、町に出ているゴミも勿体《もったい》ないと、担当の家来が一人いて、江戸の町を毎日、巡回しているくらいだ」

「それは凄い」

「自分から出るものも、いっさい無駄にしない。伸びて切った髪の毛や髭《ひげ》や爪《つめ》はもちろん、身体をこすって出た垢《あか》まで取ってあるというのだ」

「そんなもの、どうするのだ？」

「髪の毛や髭は、擂鉢《すりばち》で擂《す》って糊と混ぜ墨代わり。爪はさらに細かくして、白砂と混ぜ、水はけの悪いところに撒《ま》く。垢は丸めて団子にし、養魚池のナマズの餌《えさ》にしているそうだ」

「ははあ」

「上さまがこの話をお聞きになり、稲生はよくやっていると絶賛したそうだ」

「それなら、上さまのご寵愛《ちょうあい》も深いだろう？」

「そりゃあ、もう、信頼なさっている。じっさい、仕事もできるのだ。北町《きたまち》奉行も経験しているし、勘定奉行のほかに上さまが気がかりなことがあると、特任というかたちで担当させる。上さまはいま、象という巨大な生きものを江戸に連れて来ようとしていて、その件も稲生さまが担当なさっているはずだ」

「象を？」

「それで長崎のカピタンあたりといろいろ打ち合わせたりしているらしい」

「ほう」

「切れ具合では、南町奉行の大岡越前と肩を並べるだろうな」

「大岡とな……」

そこで山内は、閃《ひらめ》いた。これ以上、こんなやつとぐずぐず飲んでいる暇はない。

「いやあ、いろいろ面白いことを教えてもらった。博奕《ばくち》の運もつづきそうだ。頑張ってくれ」

そう言って、児島に背を向け、根津の賭場を出た。

歩きながら、さっきのやりとりを思い出す。

大岡と稲生は、どちらも有能で、上さまの寵愛を競い合っている。ということは、お互いの気持ちの底には、必ずや敵愾心《てきがいしん》らしきものが潜んでいるはずである。

――それを刺激することが、突破口になるかもしれぬ……。

山内は、闇のなかでほくそ笑んだ。

夜は更《ふ》けている。

月明かりがあって、足元は大丈夫だが、それでも帰り道を急いだ。

不忍池《しのばずのいけ》に差しかかった。風に水の匂いが混じった。周囲がうっすら明るくなったのは、水明《みずあ》かりのせいである。月の明かりは一つでも、水面《みなも》に立つさざ波のために、明かりは千にも二千にもなって周囲を照らす。それが水明かりである。魚の世界でなにか祝いごとでもあったのか、魚が跳《は》ねる音が絶え間なくしていた。

池沿いの道を一町《ちょう》（約百十メートル）ほど来たとき、

「とあっ」

という鋭い掛け声が聞こえ、つづいてドサッと人の倒れる音がした。

向こうから男が二人、駆けて来た。

山内は刀に手をかけ、鯉口《こいくち》を切り、居合《いあい》の構えを取った。

「辻斬《つじぎ》りが出た！　お助けを！」

二人はそう言って、山内のわきを逃げて行った。武士というより、中間《ちゅうげん》のようだった。

山内は前に進んだ。

男二人が対峙《たいじ》していた。

一方は覆面《ふくめん》をして、着流し姿。

もう一方は、立派な身なりの初老の武士。

どっちが辻斬りかは明らかである。

しかも、初老の武士のそばには、男が二人、倒れている。辻斬りにやられたらしい。

「助太刀《すけだち》つかまつる」

と、山内は言って、初老の武士の前に立った。

「かたじけない」

初老の武士が震《ふる》える声で言った。

「引っ込んでおれ。わしはこの者たちの懐を狙っただけだ」

辻斬りが、正義感を開陳《かいちん》するみたいに偉そうに言った。

「なるほど。それは辻斬りというより、ただの泥棒だな」

山内は笑って言った。

辻斬りというのはしたことがない。しなかったのは、たまたまで、やってみたい気持ちはあった。気晴らしくらいにはなりそうだった。

「なんだと」

辻斬りは怒った。

「面白いか、辻斬りは？」

「ふざけるな。面白いわけないだろうが」

「そうかね」

山内はそう言って、刀を抜き放った。

剣術には自信がある。道場では、喜三次とともに双壁《そうへき》と称された。

しかも、喧嘩三昧《けんかざんまい》で度胸は鍛えてある。真剣《しんけん》での立ち合いなら、負ける気はしない。

国許《くにもと》で暗殺されそうになったときも、山内の腕は伝わっていたらしく、腕の立つ藩士を八人も揃えてきた。あのときは、さすがに逃げるだけで精一杯だったが、いまの相手は一人だ。

「ふん。貧乏侍など斬ってもしょうがないが、邪魔するなら死んでもらう」

辻斬りはそう言った。

山内の懐には、上野銀内から預かった十両があることなど、知るはずもない。

辻斬りは身体を左右に揺らしながら、間合いを測り、無造作に斬り込んできた。かなり人を斬ってきたらしく、なんのためらいもない。

「ふふっ」

山内はせせら笑った。腕はいいが、相手を見る目はないらしい。

辻斬りの剣の切っ先に剣を合わせ、軽く押し返すと同時に左に回り込みながら、つむじ風のように剣を旋回《せんかい》させると、深々と胴を薙《な》いだ。

鮮やかな剣捌きである。

「え？」

辻斬りは嘘だろうというような顔をした。わき腹から噴《ふ》き出した血に目を瞠《みは》り、それからよろけ出した。

血しぶきを避けるため、山内は数歩下がり、

「お怪我《けが》は？」

と、初老の武士に訊いた。

武士は、辻斬りがつんのめるように倒れ、動かなくなるのを確かめてから、

「大丈夫じゃ。いやあ、助かった。わしはこのすぐ近くにある屋敷の者で、家来も四人連れていたのに、こんな目に遭《あ》った。危ないところだった」

「では、門のところまでお送りしましょう」

山内は、初老の武士といっしょに歩いた。

なるほど屋敷はすぐ近くだった。門のなかが騒がしい。逃げ帰った二人が辻斬りのことを告げているが、さっぱり要領を得ないらしい。武士は、門のなかに、

「わしは大丈夫だ。向こうに遺体があるので引き上げて来てくれ。辻斬りの遺体もいっしょに運んでくれ」

そう言ってから、

「ぜひ、お立ち寄りを。わしは、この屋敷の江戸家老を務める横山善右衛門《よこやまぜんえもん》と申す」

と、山内に名乗った。歳は五十くらいか。実直そうに見えるが、そのかわり数人の妾《めかけ》にも実《じつ》を尽くす柔軟さもありそうである。

五、六人の藩士が飛び出して行くのを見ながら、

「いや、わたしはいまから品川まで帰りますので」

山内は断わった。

「駕籠《かご》を出させましょう」

「いえいえ、歩けますから結構です」

「失礼ですが、どちらのご家中で？」

「浪々《ろうろう》の身でござる」

山内がそう言うと、横山善右衛門の顔が輝いた。

「それでは当家に。貴公のような人物なら、ぜひお迎えしたい。当家は越中《えっちゅう》国富山《とやま》藩の松平《まつだいら》家」

越中国富山藩といえば、加賀《かが》藩の支藩。それでもたしか十万石はある大藩《たいはん》のはずである。松平家と名乗ったが、前田家のほうが通りがいい。

「お言葉はありがたいのですが、気ままな暮らしが身についてしまいましてな」

山内は考えもせず、すぐに断わった。

横山は断わられたのに驚き、

「では、当家に身を置きつつ、藩邸《はんてい》の外に道場をつくってみてはどうじゃ？　藩邸と道場を気ままに出入りしてもらってもかまわぬ」

と、好条件を持ち出した。

「いや、本当に、これで失礼いたします」

山内は、頭を下げ、踵《きびす》を返した。

天一坊に出会う前なら受けただろう。いや、その頃であれば、辻斬りを斬ったあと、横山も斬り、懐の金を奪うくらいのことさえしたかもしれない。

だがいまは、大きな野望がある。辻斬りで得る金などたかが知れているし、大藩といえど、いまさら藩士などになる気もさらさらないのだった。

第三章　将軍入湯

一

　この日――。

　吉宗《よしむね》は朝から浮き立つような気分だった。念願の巷《ちまた》の湯屋《ゆうや》に入る日がやって来たのである。子どものとき、初めて自分の馬が与えられ――それは白馬だったが――いまからそれに跨《また》ろうというときの心の昂《たか》ぶりを思い出した。

　前日には打ち合わせもした。

「誰も入らない朝一番の湯にすべきか、いろいろ検討させていただいたのですが……」

　と、ほめ殺しの水野《みずの》が言った。

「誰もいないというのはな」

吉宗は気が進まないという顔をした。それだったら、城内の贋《にせ》の富士乃湯《ふじのゆ》に町人たちを呼んで、いっしょに入ったほうがましである。

「いいえ、それが逆でございました。朝一番の湯というのはむしろ混雑するのです」

「そうなのか」

「暇な隠居《いんきょ》も多いですし、昨夜、間に合わなかったという二日酔《ふつかよ》いの男も来ます。また、江戸っ子というのは、くだらないことでも一番を喜びます」

「なるほど」

「ですから、一番湯に入っても、入っているうちにどんどん客が来て、結局、混雑いたします」

「では、いつ行くのだ？」

吉宗はじれったそうに訊《き》いた。結局、あれこれ細かいことを言いつのった挙《あげ》句《く》、なにもやらずに終わるか、どうでもいいことに置き換えてしまうというのは、官僚たちの得意技なのだ。

「巳《み》の刻（午前十時）くらいになりますと、朝の混雑も一段落して、客も慌《あわ》ただしくはありません。湯もさほどは汚れておりませんし、これくらいの刻限にお入りいただくことにしました」

「わかった。巳の刻じゃな」

この日は、辰《たつ》の刻（午前八時）を過ぎると、吉宗はもう居ても立ってもいられず、いまにも着物を脱ぎ出さんばかりである。

あまりに落ち着かないのもお身体《からだ》に障《さわ》るというので、巳の刻には間があるが、とりあえず大手門《おおてもん》を出て、この当時は常盤橋御門《ときわばしごもん》内にあった北町奉行所《きたまちぶぎょうしょ》へ入った。

ここから富士乃湯までは、濠《ほり》を挟んで目と鼻の先である。

北町奉行の諏訪美濃守《すわみののかみ》は、当然だが吉宗の湯屋検分について報《しら》せを受けている。決して賛成ではなかったが、吉宗の強い希望だというので、反対のしようがない。

警護はあくまでも目立たぬようにと言われている。それでも、あちこちに町人に化けたお庭番《にわばん》や、浪人《ろうにん》ふうのなりをした町奉行所の隠密《おんみつ》回り同心《どうしん》がおよそ二十人ほど、吉宗の通り道で油断なく周囲を窺《うかが》っていた。

「では、上《うえ》さま、参ります」

刻限が来ると、水野が第二次関ヶ原の戦いに出陣するような口調で言った。

「よおし」

吉宗は、待ってましたとばかりに立ち上がった。

常盤橋御門を出ると、吉宗は橋の上で立ち止まった。右手にはお濠の光景が広がっている。

向こうに見えているのが呉服橋《ごふくばし》。濠が日本橋川に流れ込むところに架《か》かっているのが一石橋《いっこくばし》。このあたりの濠になると荷舟の往来《おうらい》もない。

柔らかく波立つ水景が広がり、初夏の風が吹き渡っている。

「晴れてよかった」

と、吉宗は言った。

「そうでございますな」

水野がうなずいた。

吉宗は久しぶりに肩が軽い。

着流しに刀を一振り。素足《すあし》に雪駄《せった》履《ば》きである。こんな恰好《かっこう》で町を歩くのは、おそらく初めてではないか。紀州《きしゅう》にいたころも、いちおう若さまだから、こんな恰好はしていない。身軽な恰好になると、気持ちも軽くなるらしい。

「湯屋にはなにも伝えておらぬだろうな？」

吉宗は訊いた。

「は。仰《おお》せのとおりに伝えておりませぬ」

湯屋奉行を兼務する稲生《いのう》が答えた。

本当は、吉宗には内緒であるじには伝えておこうかとか、いろいろ検討を重ねたのである。

だが、巷の実態を眺めたいという吉宗の気持ちを尊重し、湯屋のほうには伝えず、ふだんのままのところに行くことになった。そのかわり、吉宗には、誰が入って来るかわからないし、なかには無礼なことを言う者もいるかもしれないと、念押ししておいた。

「それくらいでわしが動揺するとでも思うのか」

吉宗はそう言った。

「さすがは上さま」

おとぼけ安藤《あんどう》がそう言うと、

「上さまではない。大殿《おおとの》であろう」

と、たしなめられた。

吉宗を先頭に、水野、安藤、稲生、そして下男《げなん》に扮《ふん》した剣の達人である小姓《こしょう》。この五人は、ゆるゆると常盤橋を渡った。よく見れば妙な一団である。売れない旅役者たちが、武士を装って江戸城見物をしているみたいである。

常盤橋から一町《ちょう》（約百十メートル）ほど歩くと、富士乃湯である。

「大殿。ここでございます」

稲生がのれんを指差した。

「なるほど。城内ののれんといっしょだ」

吉宗がピッと指先ではじいた。なんども稽古《けいこ》をしているので、うまいものである。

のれんをくぐって、番台にじゃらじゃらと湯銭《ゆせん》を置いた。六文《もん》（約百二十円）

を五人分。

「おや？　旦那《だんな》は初めてですね？」

富士乃湯のあるじが吉宗に訊いた。

「え……」

想定外の質問に水野たちは慌てた。

二

「ああ。屋敷の風呂釜《ふろがま》が壊れたのでな。しばらく使わせてもらうぞ」

咄嗟《とっさ》に吉宗が答えた。

見事な機転《きてん》である。水野たちも安堵《あんど》した。

「ええ、どうぞ、どうぞ」

あるじは愛想《あいそ》よく言った。

雪駄を脱ぎ、板の間に上がった。吉宗は何度も稽古をしているので、初めて来たような気がしない。あの贋の富士乃湯がいかに寸分違《たが》わずつくられていたかが、よくわかった。

下男に扮した小姓に刀を預け、さっと着物などを脱いで裸になった。

次の洗い場へ移る。

「上、いや大殿。足元が滑《すべ》りますので、わたしが先に」

と、安藤が前に出た。

「滑るのはわかっておる」

「いや、こっちはさらに滑りますから」

と言った途端《とたん》、安藤は足を滑らせ、物の見事にひっくり返った。腰に巻いた手《て》拭《ぬぐ》いも取れた。

「痛たたた」

「大丈夫か？　凄《すご》い勢いだったぞ」

「こ、腰を……」

したたかに打ったらしい。

「安藤。湯はいいから、板の間で休んでおれ」

「は。仰せのとおりに」

痛みのあまり、這《は》いながら引き返した。

「だらしないやつよのう」

吉宗は呆《あき》れた。

洗い場には三人ほど客がいて、身体を洗っている。吉宗は気づくはずもないが、そのうちの一人は警護役の隠密回り同心である。

と、そこへ――。

「あ、やっぱりいやがったね！」

女の金切《かなき》り声が轟《とどろ》いた。

吉宗もなにごとかと声のしたほうを見ると、いま入って来たばかりらしい裸の女が、身体を洗っていた男の客にずかずかと近づいた。

「あ、かかあ。お、落ち着け」

男は両手を前に出し、怯《おび》えた顔で言った。

「なにが落ち着けだよ。昨夜は、棟梁《とうりょう》のところで飲み会だとか言っといて、この野郎《やろう》、吉原《よしわら》に行ったんだろうが。いまさっき、熊《くま》さんに聞いたぞ」

「熊の野郎、余計《よけい》なことを」

「あたしに子どももつくらせねえくせに、吉原なんかで遊んでる場合か」

「いや、昨日は棟梁が」

「やかましい」

女はいきなり殴《なぐ》りかかった。

「あ、よせ、やめてくれ」

男は頭を抱えて逃げようとするが、女はちょん髷《まげ》を摑《つか》んで引き戻し、

「やめるもんか。しらばっくれて朝風呂なんかに入りやがって、花魁《おいらん》の白粉《おしろい》の匂《にお》いを流してから帰って来るつもりだったんだろうが」

喚《わめ》きながら男の横っ面《つら》を何発か張った。

「そ、そんなつもりじゃ」

「やかましい。てめえの小賢《こざか》しい魂胆《こんたん》なんざ、ぜんぶお見通しだよ」

「か、勘弁《かんべん》してくれ」

「勘弁しろだと。だったら、湯なんかにへえってねえで、さっさと家帰って、掃《そう》除《じ》でもしろ！」

「わかりました」

男は一杯だけ水をかぶると、慌てて板の間のほうへ出て行った。

女はその後ろ姿を睨《にら》みつけていたが、

「あたしも湯なんか入ってる場合じゃないか。子づくりの作業をさせなきゃね」

そう言って、急に色っぽい目つきをすると、洗い場から出て行った。

止める間もない大騒ぎだった。

吉宗は一部始終を呆然《ぼうぜん》と眺めていたが、

「いやはや凄いもんだな」

と、ようやく我に返った。

「上、いや大殿。あんな連中のことはお気になさらず、湯舟に入りましょう」

水野が言った。

「そうじゃな」

吉宗はそう言って、稽古したとおりに腰をかがめ、上手《じょうず》にざくろ口をくぐった。

ところが、そのあとにつづいた水野が、
がつん。

と、凄い音を立てた。

「あ痛たた」

「大丈夫ですか、水野さま？」

稲生が水野を見ると、額《ひたい》が割れたらしく、血がだらだら流れている。

「早く手当てを」

「なんのこれしき」

「ですが、かなりの出血です」

「なあに、頭の近くは、かすり傷程度でも、血が出やすいのだ」

「でも、それで入ったら、湯が血で染まってしまいますぞ」

稲生は呆れて言った。

ざくろ口の外で、水野と稲生が問答をしているので、いったんなかに入った吉宗も、また戻って、

「どういたした？」

と、訊いた。

「水野さまが」

稲生が水野の額を指差した。

額の傷口から、血が四つくらいの筋に分かれ、顔全体に広がったため、このまお化け屋敷の出口の手前あたりに出したいくらいの形相《ぎょうそう》である。

「敵の襲撃か？」

吉宗が緊張した。

「違います。このざくろ口にぶつけまして」

「そなた、昨日もあれほどわしに、ざくろ口のくぐり方を講釈《こうしゃく》したではないか」

「たはっ、面目次第《めんぼくしだい》もございません」

「それで湯に入ると、傷が膿《う》んだりするぞ。向こうで手当ていたせ」

吉宗に命じられ、水野は板の間に引き返した。

結局、吉宗と稲生の二人だけになった。警護は万全とはいえ、稲生はなんとなく心細い。

湯舟には誰もいない。洗い場が明るいので、なかはずいぶん暗く感じる。

稲生は湯に手を入れ、

「大殿。熱うございますぞ」

「どれどれ」

吉宗も手を入れると、ほんとに熱い。

だが、江戸の町人たちは皆、これに入るのだ。我慢して入ることにする。

足を入れ、ゆっくり身を沈めていく。

「ううっ」

思わず唸《うな》り声が出る。

胸が湯に浸《つ》かるあたりまで来ると、身体に力が入った。

「なんのこれしき」

首まで浸かった。

熱さが痛みに感じられるほどである。

それでも、肌はこの熱さになじもうとするらしい。毛穴が開いてゆくのがわかる。

湯が身体に沁《し》みている。

痛みが心地《ここち》よさに変わってくる。

「手足を伸ばせるのだな」

「そうでございますな」

思い切り伸ばしても、手足に触れるものはない。身体が浮き上がる。なんとも言えない解放感。ため息とともに、吉宗は言った。

「ああ、いい湯じゃのう」

三

湯のなかで、吉宗の身体の力が抜けている。まるで赤子《あかご》のような恰好である。つねに身体のどこかにあった緊張感が、いまはすべて抜け切ってしまった気がする。

隣を見ると、稲生もうっとり目を閉じていた。

「やはり、本物の湯屋は違うな」

と、吉宗は言った。

贋の富士乃湯にもこれとそっくりの同じ湯殿をつくり、じっさい湯も入れて浸かったりしたのである。だが、こんなにゆったりした気分にはなれなかった。

「そうでございますか？」

「そなたはそう思わぬか？」

「たしかに言われてみれば違うように感じます」

とは言っているが、稲生がその理由を考えているようには見えない。

――本当になにが違うのか？

と、吉宗は考えた。

湯は新しくなどない。むしろ朝からずいぶん人が入って、汚れているはずである。汚れといっしょに、湯に人のぬくもりのようなものが溶け込んでいたりするのか？　あるいは、我慢して入るほどの、この熱さがいいのか？

なかの造りを見た。どう見ても安普請《やすぶしん》である。急拵《きゆうごしら》えだったが、城内の湯殿のほうが遙かに立派だった。こっちは板壁のところどころに節穴《ふしあな》があったりして、そこからかすかな光や風が入り込んでいる。それが心地よいのか？

耳を澄ませてみる。洗い場のほうで唄《うた》が聞こえている。

〽高い山から谷底見れば
　お万可愛《かわい》いや布晒《さら》す

こういう音や声が聞こえてくるのがいいのか？　だが、下手糞《へたくそ》な鼻唄《はなうた》で、聞き惚《ほ》れるようなものではない。

——まだ、わからぬな。

と、吉宗は思った。

いま、来たばかりだし、何度か来ると、わかるようになるのかもしれない。

ふと、ざくろ口の向こうのほうから誰かが入って来た。

「ごめんなさいよ」

薄暗くて、湯気《ゆげ》が漂《ただよ》っていても、若い女であることはわかった。

しかも、たいそうきれいな身体つきだった。

吉宗の胸が高鳴った。

城内の湯にも大奥の女が入っていたが、その振る舞いとはまるで違う。

目の前の女は、さほど縮こまったりもせず、羞恥心《しゅうちしん》を感じさせない堂々とした身のこなしで、湯のなかに入って来た。見たきゃ見るがいいさ、と言っているような感じがした。

逆に吉宗のほうが恥ずかしくなって、目を逸《そ》らした。遠い昔、こんなふうに湯のなかでドキドキしたことがあったのを思い出した。

隣の稲生は、さっきまで目を閉じていたくせに、いまは細い目を見開いて凝視《ぎょうし》している。

「稲生。遠慮《えんりょ》いたせ」

吉宗は小声で言って、肘《ひじ》でつついた。

ふと、ざくろ口の向こうが騒がしくなり、新たな客が入って来た。

二人連れの客の片割れは、女をちらりと見て、

「おや、誰かと思えば桃子姐《ももこねえ》さん」

と、声をかけた。

「あら、三太《さんた》さん、どうも。丈次《じょうじ》さんも」

桃子という名前らしい女は、三太や丈次とやらと気さくに挨拶《あいさつ》をかわした。

そこへもう一人、目つきの鋭い男が来て、さらに三歳くらいの女の子を抱いた

女も入って来た。

これで八人である。

湯舟に入れないこともないが、湯はこぼれるかもしれない。

「稲生。上がろう」

吉宗は、稲生を促《うなが》して、洗い場に出た。すっかり温まり、肌は真っ赤である。小さな女の子があれに入れるのかと不思議だった。

洗い場に出ると、

「大殿。お身体をお流ししましょう」

と、稲生が吉宗の背中のほうに回った。

「そうか。すまんな」

吉宗は遠慮なく流してもらうことにした。旗本の隠居であれば、それも自然な振る舞いだろう。

稲生は、すでに買ってあったらしいぬか袋を桶の水につけ、それで吉宗の肩から背中にかけてこすり始めた。城でもぬか袋を使っているので、違和感はない。

「稲生、うまいな。本職みたいだ」

吉宗がからかうと、

「いやあ、大殿のお背中は大きいですなあ。わたしは壁塗りの左官《さかん》になったようでございます」

稲生も調子を合わせた。

吉宗は、肩が少し楽になったみたいで、前に後ろにぐるぐる回してみる。

やがて、湯舟に浸かっていた連中も洗い場のほうに出て来た。熱いので、そうそう長くは入っていられないのだ。

唄をうたっていた男が出て行ったので、いま、洗い場にいるのは、小さな女の子も入れて九人になっている。それでも、広いので混雑しているふうには感じない。

そのうち、吉宗は妙なものを見つけて、

「稲生。石ころがあるな」

と、顎《あご》をしゃくった。

洗い場の隅に、こぶしより小さいくらいの丸い石が二つ、並べて置いてある。

「あ、はい」

「あっちにもあるぞ。なんだろうな?」

「あれで身体をこするのです」

と、稲生は言った。

「だが、軽石ではなさそうだぞ」

「違います。踵《かかと》ではなく、あれで首や顔など柔らかいところを優《やさ》しくこするわけです」

「二つ使ってか？」

「はい。わたしがやっておみせしましょう」

稲生はそう言って、二つの石を取って来ると、両手に持ち、

「こうやるわけです」

と、顔をこすり出した。

すると、近くにいた、三太と呼ばれた町人が、

「お侍《さむらい》さま。毛切り石で顔をこすってどうなさるんです。お髭《ひげ》もないのに？」

と、ニヤニヤしながら言った。

見ると、ほかの連中も笑っている。

「この石は身体をこするものではないのか？」

二つの石を見ながら稲生は訊いた。

「こすることはこすりますが、それで下の毛を切るんでさあ。ハサミで切るとちくちくするけど、石でこすれば切り口が柔らかいもので」

「では、これは……」

稲生の顔が強張《こわば》った。

「いいもので、お顔を撫《な》でましたね」

三太がそう言うと、洗い場に爆笑が起こった。

「知ったかぶりをしおって」

吉宗は小声でたしなめた。

「申し訳ございませぬ。まさか、そんな使い方があったとは……」

四

稲生は気持ちが悪いらしく、何度も水で顔を洗っている。

吉宗はもう一度、湯舟に浸かることにした。稲生はのぼせそうなので、もう入らないという。

軽く浸かって、また出て来ると、洗い場は異様な雰囲気になっていた。

「そんなにじろじろ見るもんじゃねえでしょう」

目つきの鋭い男が稲生を睨んでいる。

「見てなどおらぬ」

と、稲生が慌てたように弁解している。

「ごまかしちゃいけませんて。あっしは、旦那の顔をここからじっくり見てたんだから。旦那の視線はあの姐さんにぴったり張り付いてましたぜ」

どうやら男が、稲生が向こうにいる桃子の裸を見ていたのを責めているらしい。

「なんだ、無礼者《ぶれいもの》」

稲生が怒った。

吉宗が来る前からいた男が口を出したそうにしたが、ちらりとこっちを見た。

その表情から察するに、ここに来ているのが誰であるか、わかっているらしい。

大方、町方《まちかた》の者だろう。

吉宗はその男を見て、首を横に振った。まだ口出しするなと合図したのだ。

「無礼者と言われてもねえ。あっしはただ、立派なお武家さまが、町の湯屋に来て、若い娘の裸を舐《な》めるようにじろじろ見てもいいんですかと、それを訊いただけなんですがね」

男はまったくひるまない。

「舐めるようになどと……わしはただ……」

「見てたんでしょうが」

「うっ……」

「旦那。こんな話をここでぐだぐだしても仕方がねえ。あっしが旦那のお屋敷にでも伺《うかが》いましょう。それで、無礼者とおっしゃるなら、首をすっぱりとやってくれたらいい。そのかわりあっしだって、化けて出るくらいのことはさせてもらいますぜ」

男の口はじつによく回る。

一方、城ではいちおう切れ者との評判がある稲生ときたら、

「なんだと」

と、怒りのあまり拳《こぶし》を震《ふる》わせているだけである。

吉宗は、女の顔を見た。困って途方《とほう》に暮れた顔をしている。

三太と丈次は、どっちの言い分が正しいのか、見極めようという顔である。

そこで吉宗が前に出て、

「そういう商売があるのか？」

と、男に訊いた。

「商売ですって？」

男は目をひん剝《む》いた。

「さよう。そなた、その手口を商売にしているのであろう」

「なにをおっしゃるので？」

男は居直ったように、吉宗に顔を近づけた。

このとき、騒ぎを聞きつけて、板の間で休んでいた水野や安藤も、洗い場のほうへやって来たが、吉宗はそれを手で制し、

「姐さんは、この者と知り合いかな？」

と、洗い場の隅にいる桃子に訊いた。

「いいえ」

「ということは、一人で芝居《しばい》をぶっているのだ。つまり、この姐さんは見目《みめ》がいいから、男なら誰でもちょっとくらいは見入ってしまう。それをわきから見ていて、脅《おど》せそうな、騒ぎ立てられるくらいなら金で済まそうとしそうなやつに、因《いん》縁《ねん》をふっかける。そういう商売の者だろうとわしは踏んだ」

吉宗がそう言うと、

「そういえば」

と、桃子がなにか思い出したらしい。

「どうした、姐さん？」

「この前、あたしが庭で洗濯物を干していたとき、どこかのご隠居さんがのぞいていたと叱っていたのも……」

桃子がそう言うと、

「なに言ってんだい、姐さん」

男は俄然《がぜん》、焦《あせ》り出した。

「あ。この前、桃子姐さんが言おうとしていたのはそのことですか」

丈次が手を叩いた。

すると、町方の者らしき男が、

「おい。その手口、耳にしてるぜ。いい女を見つけると後をつけるんだよな。それで、その女に見入ってしまう男のほうにいちゃもんをつけるという手口だ。おめえ、湯島《ゆしま》のほうから流れて来ただろう。おいらは北町奉行所の者だ。ちっと来てもらおうか」

　そう言いながら、男の腕をねじり上げ、板の間のほうへ引っ張って行った。

　緊張していた洗い場が、ようやくホッとした空気に変わった。

「それにしても、旦那、見事なご推察でしたね」

　丈次が吉宗に言った。

「ほんと。お武家さま、ありがとうございました」

　桃子が湯気の向こうから礼を言った。

「ようよう、日本一！」

　三太の掛け声に、町人たちがいっせいにうなずいたものだから、吉宗は大いに照れてしまった。

第四章　初恋の人

一

吉宗《よしむね》はひとしきり文書に花押《かおう》を記したあと、ぼんやり中奥《なかおく》の御座《ござ》の間に寝転んで、昨日のできごとを回想していた。

できごとというのは、巷《ちまた》の富士乃湯《ふじのゆ》に入って来たことである。

じつに心地《ここち》よかった。

大いに愉快だった。

近ごろまれに味わう、気が清々《せいせい》するひとときであった。

それは、身体《からだ》の凝《こ》りにも効き目があったらしい。先ほど上野《うえの》銀内《ぎんない》が来て、いつもの揉《も》み治療をしていったのだが、

「上《うえ》さま。今日はお肩の具合がよろしいです」

　と、驚いていたほどである。

「そうか?」

「指が肉に食い込みます。ほらこのとおり」

　言われてみると、銀内の指を感じることができた。細い女の指のようだ。だが、力は男のそれ。これまでは、揉まれていることもわからないくらいだったのだ。

「なにか、変わったことでもございましたか?」

　と、銀内は訊《き》いた。

「いや、とくにはない」

　まさか、江戸城を出て、巷の湯屋《ゆうや》で一《ひと》っ風呂《ぷろ》浴びて来たなどとは言えない。

　言いたい気持ちもあったが、銀内とは雑談などなさらぬようにと、大岡越前《おおおかえちぜん》からしつこく念を押されている。

　吉宗がしらばくれると、銀内は不思議そうに首をかしげていた。

　また、富士乃湯に行きたい。

いや、誰が止めようと、また行くつもりである。

あの、雰囲気！

人が皆、心まで裸になっている。

そのあけっぴろげなこと。愚《おろ》かなこと。滑稽《こっけい》なこと。そして、善良なこと。

世に言う善男善女《ぜんなんぜんにょ》というのはここにいるのか、と思ったほどである。

城のなかには残念ながら、ああいう連中はいない。悪の臭《にお》いはしなくても、皆、なにかしら腹蔵《ふくぞう》に別の気持ちを宿している。

たしかにあの湯屋にも、ろくでもないやつはいた。稲生《いのう》に因縁《いんねん》を吹っかけた男である。だが、あれだって、一目で見破ることができる程度の、単純な悪なのだ。

——しかも、いい女がいる。

あんな、粋《いき》で、気《き》っ風《ぷ》がよくて、色っぽい女は、大奥《おおおく》中探しても、見つからないだろう。

いますぐにでも富士乃湯に行きたい。

着流し姿で常盤橋御門《ときわばしごもん》を出て、濠《ほり》沿いの道を風を感じながらすたすたと歩き、

「よう」

と、あるじをちらりと見、六文《もん》（約百二十円）の湯銭《ゆせん》を番台《ばんだい》にぴしゃりと置きたい。

だが、それは征夷大将軍徳川《せいいたいしょうぐんとくがわ》吉宗にとっては、とんでもない高望みなのである。

日々、用件がびっしり詰まっている。法事や季節の行事、大名との面会、評《ひょう》定所《じょうしょ》から来る報告……そうしたものに対処しなければならない。

とても巷の湯屋どころではないのだ。

——仕方がないから、贋《にせ》の富士乃湯にでも入るか。

そう思ったとき、

「上さま」

と、中庭で声がした。

「一甚斎《いちじんさい》か？」

「お報《しら》せしたいことが」

「わかった」

と、中庭の前の縁側《えんがわ》に出た。

お庭番《にわばん》の頭領《とうりょう》である川村《かわむら》一甚斎は、すでに白い敷き砂の上で、片膝《かたひざ》をついて控《ひか》えている。

「どうした？」

「熱海《あたみ》の湯の件でございますが、やはり得体《えたい》の知れぬ曲者《くせもの》の一団が、湯を穢《けが》そうとしているのは間違いございません」

「うむ」

どうもそうらしいという報告は、すでに受けていた。正体がわかったのか。

「権蔵《ごんぞう》とくノ一を、もう一度、現地に向かわせ、調べさせました。草津《くさつ》の湯を湯あたりするくらいに濃くしたのも、箱根《はこね》の湯に猿が浸《つ》かりに来るよう仕込んだのも、そやつらのしわざかと思われます」

「目的はなんなのだ？」

「わかりません。上さまへのくだらぬ嫌がらせなのか。それでも、見つけたら、獄門《ごくもん》の刑に処してやりましょう」

「まずは捕まえてからであろう。手強《てごわ》いのか？」

「逃げ足は速いようです。もっとも権蔵は湯の外に出ると、からっきし力が出ませんから」

「そうらしいな」

「いまは見張りの者も常駐《じょうちゅう》させているのでございますが、肥《こえ》に浸《ひた》してから乾かした紙を、風に乗せて大湯《おおゆ》に入れるなどという荒技《あらわざ》まで使うほどでして」

と、一甚斎は悔《くや》しそうに顔をしかめた。

「肥に浸した紙をのう」

吉宗は怒るより感心した。

その前には、竹筒をつないで、遠くから大湯に肥を注《そそ》ぎ込んでいたというではないか。一味には、なかなかの知恵者も加わっているらしい。

「熱海の湯は、しばらく諦《あきら》めていただくしかございませぬな」

「そうだな」

吉宗はうなずいた。

残念だが、しかし希望がある。熱海の湯の代わりに、富士乃湯に入ることである。毎日は無理でも、三日に一度くらいは町人たちと、のんびりあの湯舟に浸かることができたら……。

「曲者《くせもの》どもの捜索は、お庭番と伊賀者《いがもの》たちと、協力して対処いたします。また、権蔵たちには、熱海、草津、箱根をしのぐ名湯《めいとう》を探させておりますので、お待ちください」

一甚斎はそう言って、いなくなった。

つづいてやって来たのは、大岡越前ともう一人、見覚えはあるが名前が思い出せない家臣だった。

「上さま。お話がございます」

大岡は緊張した声で言った。

「うむ」

「ともに参りましたのは、関東郡代《ぐんだい》を務めます伊奈半左衛門《いなはんざえもん》にございます」

「伊奈にございます」

赤ら顔の男が、深々と頭を下げた。

「伊奈か。ご苦労である」

吉宗は思い出した。

家康《いえやす》公のころから、武蔵国《むさしのくに》の治政に尽力《じんりょく》してきた家柄の当代《とうだい》である。以前、ちょっと伊奈家のことを褒《ほ》めたら、滔々《とうとう》と自慢話を語り出して閉口したことがあった。

「ははっ」

どうやら、大岡あたりにだいぶたしなめられたらしく、今日は自慢話を始める気配はない。

「話と申しますのは、伊奈が管轄《かんかつ》する品川《しながわ》の宿近くに、怪しき男が住み着くようになりまして」

と、大岡が言った。

「怪しき男とな」

「と申すより、不届きな男かもしれませぬ。しかし、ひょっとしたら、怪しくもなく、不届きでもなく、貴《とうと》きお方ということもあり得るかも……」

「大岡。よくわからぬ話だな」

「は、じつは……」

と、大岡は数日前のことから語り出した。

二

南町奉行所《みなみまちぶぎょうしょ》の町回り同心《どうしん》・山尾頓兵衛《やまおとんべえ》が、本郷《ほんごう》の菊坂町界隈《きくざかまちかいわい》を縄張りにしている岡《おか》っ引《び》きの鮫蔵《さめぞう》から、こんな噂を聞いた。

「近所の湯屋にときおり現われては、揉み治療をおこなう天一坊《てんいちぼう》という若造が、じつは将軍さまの隠し子ではないかというんですよ」

「なんだと？」

将軍の隠し子などとはただごとではない。同心の山尾は岡っ引きの鮫蔵を睨《にら》みつけた。

「いや、あっしが言ったわけじゃありませんぜ。そういう話を湯屋で小耳《こみみ》に挟んだので」

鮫蔵は、慌《あわ》てて弁解した。

岡っ引きなどというのは、もともとあまり品行方正《ひんこうほうせい》な男はならない。蛇《じゃ》の道はヘビというように、悪党にもどこかで通じているようなやつがなる。

奉行所でも、同心たちにこういう者は使うなと、しばしば命じてきたのである。

だが、悪党を捕まえるには、半分悪党のような男が役に立ち、結局のところ、岡っ引きは生き延びてきていた。

「言ってたのは誰だ？」

「近所の魚屋です。ただ、そいつも近所の髪結床《かみゆいどこ》で聞いた話で、出どころははっきりしねえんです」

「それにしても不届きな噂だな」

「はい」

「天一坊というのは、本当にいるのか？」

「います。あっしはその野郎《やろう》が来るのを待って、湯屋に駆けつけました」

「そやつが自分で言ったのだな？　わたしは上さまの隠し子だと？」

「言わないんです」

「なんだ、おめえの話は？」

山尾はからかわれたと思って立腹した。

「自分ではそういうことは言わないんですが、天一坊をじいっと見ていると、自然とにじみ出る気品《きひん》や教養から、この人は只者《ただもの》じゃねえって思ってしまうんです」

「おめえも思ったのか？」

「どうもすみません」

鮫蔵は額《ひたい》に手を当てた。

「しょうがねえな。じゃあ、おいらも気を入れて探ることにするか」

と、山尾があちこちで訊き回ってみると、もはや本郷一帯では知らない者がいないくらいの噂になっているではないか。

同心の山尾は、菊坂町の岡っ引きから仕入れたこの話を、自慢話でもするような調子で、直属の上司である与力《よりき》の佐々木軍兵衛《ささきぐんべえ》に報告した。

すると佐々木は顔色一つ変えず、

「仕入れるのが遅いな」

と、言った。

「お、遅いとおっしゃいますと」

「それは、どこで聞いた？」

「菊坂町で仕入れ、本郷界隈を訊き回って確かめました」

岡っ引きに聞いたとは言わない。

「そなたの耳に入ったということは、ほとんど江戸中の者が知ったわけか」

「は？」

「そなた、陰でなんと言われているのか知らぬのか。山尾は巷の動向をなにも知らない、耳に蓋《ふた》をして歩いているからで、あいつは「耳蓋の山尾」だと、そう言われているのだぞ」

「……」

山尾はさすがに屈辱《くつじょく》を覚えたらしく、唇を嚙んで俯《うつむ》いた。

「しかも、本郷の菊坂町といったら、江戸もだいぶ端《はし》のほうだ。そろそろ噂にも尾ひれがついてくるころだろう」

ちなみに、現代の本郷三丁目の交差点近くにあった〈かねやす〉という店は、江戸時代は歯磨き屋から小間物屋《こまものや》になって繁盛《はんじょう》した。

だが、享保《きょうほう》のころに本郷店と芝《しば》店で本家《ほんけ》争いが起き、大岡越前が本郷店は

〈かねやす〉、芝店は〈兼康〉と表記させることで決着をつけた。

さらに、天一坊騒動の翌年、本郷界隈で大火が起き、町は焼失。以後、茅葺《かやぶ》き屋根を禁じ、瓦《かわら》葺きを許可した。その境目としたのが、かねやすのあるあたりで、ここから、

「本郷もかねやすまでは江戸の内」

という川柳《せんりゅう》が生まれた。この言い方だと、菊坂町は江戸の外になってしまう。

佐々木は、このことを奉行の大岡に報告した。

大岡はうなずき、

「よし、銀座《ぎんざ》の〈しらうお湯〉で天一坊の話を聞いたときから早《はや》ふた月。どうあっても捨て置けぬ事態にまであいなったか。では、関東郡代である伊奈半左衛門に報せなければなるまい」

と、浅草橋《あさくさばし》のたもとにある関東郡代の屋敷へと向かったのである。

三

「南町奉行の大岡さまが……」

訪ねて来たと告げられて、伊奈半左衛門は首をかしげた。

お城や評定所《ひょうじょうしょ》では何度も会っているが、ここへ来るのは初めてではないか。

なんの用か？　見当がつかない。

だが、伊奈は屋敷の用人《ようにん》に急いでなにごとかを告げると、

「お、これは、これは、大岡どの」

伊奈は両手をいっぱいに広げながら、玄関口まで迎えに出た。

「急にお訪ねして申し訳ござらぬ」

大岡は頭を下げた。

小者《こもの》二人を連れているだけである。正式な訪問ではなさそうだった。

「そんなことはかまいませぬ。一度、当家にお出でいただきたいと、前々から思っておったのです。ぜひお見せしたいものがござってな。ちと、お上がりいただく前にこちらへ……」

伊奈は、大岡の肩を抱くようにして、大岡を庭のほうへ案内した。

関東郡代といったら、大変な重職である。江戸の周囲の武蔵、相模《さがみ》、安房《あわ》、

上総《かずさ》、下総《しもうさ》、常陸《ひたち》、上野《こうずけ》、下野《しもつけ》と、八つの国を管轄するのだ。

ここでの多くの揉《も》めごとが持ち込まれ、また陳情《ちんじょう》の客もひっきりなしである。そもそもすぐ近くの馬喰町《ばくろちょう》に宿がずらりと並んだのは、この郡代屋敷にやって来る旅人のためであった。

いまも、この屋敷の玄関口には、大勢の陳情客が順番を待っている。だが、伊奈はそんな陳情客の列は無視して、

「お見せしたかったのは、この庭でしてな」

と、大岡を庭へ引き込んだ。

「ほう」

変わった庭である。庭園にありがちな、池だの芝だの、松の木だの石灯籠《いしどうろう》だのといったものはなに一つない。一面、雑木林《ぞうきばやし》になっている。

「これぞ関東の雑木林というべき風景を再現いたしました」

「なるほど」

「生きものもいっぱい棲息《せいそく》しておりますぞ」

目を凝《こ》らせば、たしかに野兎《のうさぎ》だの、狸《たぬき》だのがうろちょろしている。

「ややっ、あれは……」

　向こうでは猪《いのしし》が駆け回っているではないか。

「当家には、関八州《かんはっしゅう》から大勢の客が参りますので、こうした風景を見れば、気《き》慰《なぐさ》みにもなるだろうと考えたのです。あっはっは」

　伊奈は高らかに笑った。

　大岡は内心、客はせっかく江戸に来たのだから、江戸らしい風景が見たいだろうに——と思ったが、それは言わずにおいた。

　さらに歩みを進めると、鬱蒼《うっそう》と茂った竹林があり、その一画には緋毛氈《ひもうせん》が敷かれ、野点《のだて》がおこなわれているではないか。

「あれは？」

「あれぞ、わが妻。大岡さまがお見えというので、急いでぜひ一服《いっぷく》差し上げたいと。なにせ大名家から頂戴《ちょうだい》した嫁なので、やることなすこと典雅《てんが》で参ってしまいます。あっはっは」

　伊奈は、いかにも自慢げに笑った。

　大岡としてはもちろん、そういうことは勘弁《かんべん》してもらいたいが、それは言いにくい。

「いやいや、どうぞ、おかまいなく」

「遠慮なされるな。一服だけ、一服だけ」

無理やり座らされた。

奥方はたいそう気取った顔つきで茶を点《た》てると、

「どうぞ」

と、大ぶりの茶碗《ちやわん》を大岡の前に置いた。

「この茶碗ですが、妻が嫁入りのとき、実家から持って参ったものでな。茶器として最高の井戸《いど》の茶碗だというので、わたしは違うのではないかと申したのですが、ちゃんと千利休《せんのりきゆう》のお墨付《すみつ》きがありましたわ。あっはっは」

大岡はいちおう感心した顔をしてみせたが、内心はすでにうんざりしている。

「けっこうなお点前《てまえ》でござった」

大岡が立とうとすると、

「大岡どの、焦《あせ》らず、焦らず。じつは、いま、倅《せがれ》がまいって、面白い研究の成果をお聞かせする所存《しよぞん》です。よく、タケノコが縁の下を突き破るとか申しますわな。それで、何本のタケノコが生えると、家そのものを持ち上げるかということを倅が実証いたしましてな。あっはっは」

大岡はこめかみのあたりがひくひくしてきた。

「伊奈どの。じつは、急ぎの話がござって参った次第《しだい》でしてな」

「なあに、すぐです、すぐです」

「上さまにとって一大事の話ですぞ」

大岡は、怒りに震《ふる》える声で言った。

「上さまの一大事？　それは大変だ。なぜ、それを早く……？」

お前が言わせなかったのだろうが——と、大岡は内心、伊奈の頭を殴《なぐ》りつけたくなった。

急いで庭から書斎のほうへと上がり、

「じつは、伊奈どのの管轄である品川宿の外れに天一坊と名乗る男と、その家来どもがおりましてな、天一坊はなんと、上さまの隠し子ではないかという噂があるのです」

と、大岡は告げた。

「上さまの隠し子……それはめでたい」

「いや、めでたくはない」

こいつ、本当に関東一円の問題ごとを、ちゃんと処理できているのだろうか。

もっとも、どこの部署もそうだが、用人《ようにん》だの与力だの、その下に優秀な部下が数人いれば、頭《かしら》がボケ茄子《なす》でも、どうにかやっていけるものなのだ。

「だが、男子でござろう」

「本物かどうか、わからぬのですぞ」

「騙《かた》り？」

「おそらく」

「それは、大変だ」

と、伊奈はようやく青ざめた。

「といっても、天一坊自身はそうしたことは、ひとことも言ってはおりませぬ」

「では、なぜ？」

「天一坊は、巷の湯屋などに現われ、湯の神信仰について語り、その湯の力を借りて、病人に治療を施《ほどこ》しております。病人の回復は目を瞠《みは》るほどでしてな、そうした天一坊を見ているうちに、誰が言うともなく、あの方は只者ではない、貴い血筋のお方ではないかと噂になったのです」

「それがなぜ、上さまの隠し子だと？」

「天一坊は紀州《きしゅう》の生まれ」

「紀州……」

「紀州生まれの高貴な方と言ったら、誰もが上さまを思い浮かべるのは致し方ござらぬ」

「たしかにそうですが、そうした噂が世にはびこるのは由々《ゆゆ》しき事態ですな」

伊奈は落ち着きを失い、煙草《たばこ》に火をつけて、何度も深呼吸するように煙を吸った。

「この天一坊、ここ数日は麻布坂下町《あざぶさかしたちょう》の湯屋に出没しているとのこと。一目見ておいたほうがよろしいのでは？」

大岡はさりげなく勧《すす》めた。

「それはそうじゃ。大岡どの。ご案内願えますか？」

伊奈はおろおろしつつ訊いた。

「もちろんです。いまから向かいましょう」

というわけで、大岡と伊奈は数人の供を連れただけで、麻布坂下町へとやって来た。

このあたりは、その名の通り、麻布台地から新堀川《しんぼりがわ》の流れる谷へ下った坂下にある。のちに、この近くの永坂町《ながさかちょう》に、更科蕎麦《さらしなそば》と称するそば屋ができて江戸名物の一つになるが、このころはまだない。

ただ、うどん屋のほうが多かった江戸で、ようやくそば屋の数がうどん屋を上回り出したのが、ちょうどそのころだった。

伊奈は坂下町にやって来ると、

「麻布はもともと、わが伊奈家の管轄するところでござってな」

と、自慢げに言った。

「……」

この男の自慢話はもう聞きたくない。

「ただ、江戸の膨張《ぼうちょう》で、十年ほど前に、町方《まちかた》と伊奈家の両支配ということに相《あい》成《な》ったのですよ」

「それでは、伊奈家としてはますます天一坊が気になりますな」

これは皮肉だとわかるように、大岡は伊奈の目を見、ニヤニヤ笑いながら言った。

「あ、いや、まあ、いまではほとんど町方の管轄するところとなっているのですよ。あっはっは」

さすがの伊奈も、余計なことを言ってしまったと気づき、笑ってごまかそうとした。

湯屋は、天一坊の治療のせいもあって、大混雑である。大岡は風呂嫌いだから、もともと入る気はないが、伊奈も一目でその気が失せたようだ。

そのかわり、大岡は連れて来た小者のうち、気が利《き》きそうなほうの若者を湯に浸からせ、天一坊にさりげなく、こう訊《たず》ねるよう命じた。

「よいか、こうだぞ。天一坊さまは、紀州のお生まれと伺《うかが》ったのですが、紀州はどのあたりなのでしょう？　とな」

「承知いたしました」

小者はまもなく、いかにもさっぱりしたという顔でもどって来て、

「天一坊さまにお訊きしました」

と、言った。すっかり、さま付けである。

「どこじゃ？」

「なんでも龍神《りゅうじん》温泉のそばだとか」

「なんと……」

大岡は、この件を伊奈に押しつけてよかったと、つくづく思ったものである。

四

かくして大岡と伊奈は、吉宗のもとへとやって来たのである。

「わしの隠し子？」

大岡の報告を聞き、吉宗は目を剝《む》いた。

「ただ、これはあくまで巷の噂でございまして、その者が申しているわけではございませぬ」

大岡は慌てて弁解した。

「当人に訊けばよいではないか？」

「そうなのですが……」

大岡は、天一坊の名を隠したままで吉宗に語っていた。向こうの思惑《おもわく》や、さまざまな事情がわからぬうちは、そのほうがいいと判断したのである。

それは伊奈半左衛門も同感だった。

だが、評定所のほうには、名を挙げたうえで、議題にかけることになるだろう。

「その者は、なにをしておるのだ？」

吉宗は訊いた。

「は。山伏のようなことを」

「山伏とな」

「山伏をご存じでございますか？」

「うむ。熊野《くまの》の近くで何度も見かけたぞ」

じつは、お庭番として連れて来た者のなかにも、かつて山伏だった者もいるくらいである。紀州と山伏はそれほど縁が深い。

「その山伏は、湯の神という聞き慣れない神を厚く信仰しているようです」

「湯の神？　紀州の龍神温泉にも、湯への信仰は感じられたがな」

「さすが上さま」

「その者の生まれは？」

「それがその龍神温泉の近くだとか」

「……」

吉宗の表情に、疾走《しっそう》する馬群の影みたいなものが走った。

「むろん、奉行所でもすでにその者を見張り、やたらなことはさせぬよう気をつけておりますし、もう少しようすを見たうえで、関東郡代の伊奈のほうで、捕縛《ほばく》ということになるやもしれませぬ」

「さようか」

吉宗はうなずいたが、なんとなく心ここにあらずといったようすである。

「上さまのお心を煩《わずら》わせるようなことには、けっしてさせませぬので、ご安心を」

と、大岡は言った。なにも報告しないのがいちばんだろうが、つねづね世情についてはこと細かに報告するよう命じられている。

だが、吉宗は大岡の話を聞いていないらしく、

「その者、歳はいくつぐらいじゃ？」

と、さらに訊いた。

「若く見えますが、いろいろ苦労もしたらしく、二十七だそうにございます」

「二十七とな……」

吉宗は遠い目をして、

「若かりしころじゃ」

「いえ、二十七ではたいして若くもありませぬ」

「わしのことだ」

「は？」

「わしの話をしておる」

「はあ」

大岡はなんことやらわからず、

「そういうことで、いちおう上さまのお心の片隅にでもお留めいただければ……」

と言って伊奈とともに下がりかけた大岡を、

「待て、大岡」

と、吉宗は呼びもどし、さらに驚くべきことを告げたのだった。

「その件、覚えがある。それは、わしの初恋の人にまつわる話やもしれぬ」

第五章　二人の娘

一

吉宗《よしむね》は思い出していた……。

あれはまだ、十六、七の、若さを持て余した、やんちゃ盛りだったころ。

徳川《とくがわ》の血筋ということで、越前《えちぜん》国丹生《にゅう》郡に三万石《ごく》をもらっていた。いちおう大名であるが、領地には行かず、紀州《きしゅう》で暮らしていたため、なんの自覚もなかった。

学問が嫌いで、毎日、逃げ回っていた。ただ、学問が大事になるであろうことは薄々感じていて、そこで考えたのは、学識豊かな者を連れて遊び回れば、そのつどいろいろ教えてもらえるだろうということだった。

そのため、吉宗より二つ三つ歳上の文武に優れた若者三人を供に選び、必ず連れて歩くようにしたのである。

これはうまくいった。

紀州のあちこちを、馬で駆け回ったが、いろんな状況下で、学問と関係する事態に遭遇《そうぐう》する。そのとき、三人の豊かな学識を披露《ひろう》してもらうのだ。

これは、城のなかで書物を読むより、ずっと頭に入るし、理解もしやすい。

吉宗の耳学問はどんどん豊かになった。

城下は隅々《すみずみ》まで遊び歩いた。うまいと評判のものはなんでも食った。そばきりという食いものが江戸で人気だというので、これも食いに行ったが、口のなかでもそもそするばかりで、そううまいとは思わなかった。

城下で戯《たわむ》れていると、娘たちのあいだで若さまが出没《しゅつぼつ》すると噂になり、吉宗を見つけると娘のほうから言い寄って来たりした。吉宗は、まだ正室《せいしつ》をもらっていなかったが、まんまと懐妊《かいにん》して、側室《そくしつ》にでもしてもらおうという魂胆《こんたん》だったのだろう。そういう裏事情は、供の者が教えてくれた。

「では、接したらまずいか？」

と、吉宗は訊《き》いた。

「なあに、お好みの女でしたら、手をつけてもよろしいのでは。あとは、城の者がどうにかしてくれるでしょう」

吉宗は体格もよく、早熟のほうだったから、そっちの欲望も抑え難くある。いかにも盛《さか》りのついた牝猫《めすねこ》みたいな娘に手を出してしまい、

「ややができたらどうなさるおつもりですか」

などと恨《うら》みがましく言われ、そのときはこれを持って城に来いと、紀州徳川家の葵の紋がついた羽織《はおり》の袖を千切《ちぎ》って与えたりもした。

そんな娘は何人かいた。

城下の遊びも面白かったが、いちばん熱中したのは、狩りと遠乗りだった。

狩りでは、仕留《しと》めた獲物《えもの》をその場で捌《さば》いて食うことに凝《こ》った。

雉《きじ》、鴨《かも》、鶴《つる》などはよく食った。

「獣肉食は禁忌《きんき》」

などという禁令も、煮えたぎるような食欲の若者たちには通用しない。

野兎《のうさぎ》もうまかった。ただ、狐《きつね》や狸《たぬき》は臭みが強過ぎて、食えたものではなかっ

た。

猪《いのしし》がうまいとは聞いていたが、じっさい、仕留めた猪を捌き、焼いて塩を振って食ったら、ほんとうにうまかった。

「若。猪は鍋にすると、精力増強たるや半端《はんぱ》ではないらしいですぞ」

という者もいて、猪鍋もやってみた。

脂《あぶら》がぎとぎと浮いてきて、食うほどに精力もいや増すような気がする。

それからは、もっぱら猪目あてになり、仕留めたらすぐ、鍋で煮て食えるようにと、つねに鍋と味噌《みそ》とねぎも携行《けいこう》するようにした。

遠乗りでは、紀州の隅々まで訪れたが、はるか山奥にある龍神《りゅうじん》温泉は、お気に入りの場所でもあった。

むせ返るほどの若葉のころ——。

吉宗たちは、朝早くに田辺《たなべ》のほうから山道に入って、日高《ひだか》川沿いの龍神温泉に辿《たど》り着いた。

ここは古くから知られた温泉で、役小角《えんのおづぬ》が開いただの、弘法大師《こうぼうだいし》が見つけただのという伝説もある。陰陽師《おんみょうじ》の安倍晴明《あべのせいめい》も、温泉となにかゆかりがあったらしい。

紀州藩の管理するところであり、藩主が来ても泊まれるくらいの建物もある。が、もう十年以上、藩主は来ていなかった。

そのかわり、こうして吉宗たちが好き勝手に使っているわけである。

ひとしきり温泉に浸《つ》かり、雉の干し肉をむさぼって、うとうと昼寝をしていたが、建物の外の下流のほうに若い娘が二人いるのに気づいた。

そこにも小さな湧《わ》き湯があり、村人が浸かったりしている。若い娘二人は湯には入らず、縁《ふち》に腰を下ろして、足だけ浸けているらしかった。楽しげな声も聞こえている。

「おい、二人とも美人だぞ」

吉宗は目がいい。とくに娘の顔立ちとなると、大豆《だいず》一粒ほどの大きさにしか見えなくても、美人はわかるらしい。

「行ってみよう」

吉宗たちが近づくと、娘たちは怯《おび》えた顔をして、逃げようとした。

「大丈夫だ。逃げなくてよい。おれたちは無体なことはせぬ。このあたりの話を聞かせてくれ」

吉宗は、慌《あわ》てて声をかけた。

やんちゃはしているが、領民に乱暴を働いたことなどは一度もない。

「このあたりの話？」

四人とも、どことなく育ちの良さそうな若い武士たちだとわかったのだろう。

娘二人は逃げようとしていたのを止《や》めた。

「そうだ。おれたちは和歌山の城下から来たのだ」

じっさいは、直接ではなく、田辺にある供の者の縁者の家に一泊し、朝、発《た》って来たのだが、そこまで詳しく説明してもしょうがない。

「まあ」

吉宗たちは、怖《こわ》がらせないよう、十間《けん》（約十八メートル）ほど離れたあたりに立ち、

「そなたたちは、このあたりの百姓の娘なのか？」

と、話しかけた。

娘たちは、さすがに湯から足は出したが、

「いえ、わたしたちの父親は杣《そま》の者です」

二人とも美しい娘だが、細面《ほそおもて》のまつ毛の長い娘のほうが答えた。顔の彫りが深く、一度だけ見た南蛮人《なんばんじん》の面影《おもかげ》もあった。

「そうか」

杣の者とは、森を育て、守る仕事をしており、紀州にはなくてはならない人たちである。

「でも、わたしたちはせいぜい茸《きのこ》を採りに行くくらいで、森に入ることはほとんどありません。ふだんは、伊勢《いせ》でつくられた木綿《もめん》の糸を染め、織って反物《たんもの》にしているのです」

「ほう」

「これは、わたしたちが織った布でつくった着物なんです」

二人とも、美しい桜色の着物を着ていた。

「きれいだな」

「ありがとうございます」

「桜の色だ。桜の花びらで染めたのか?」

吉宗が訊くと、娘たちは顔を見合わせて笑い、

「いいえ。桜色にするには、花が咲く前の桜の樹皮や枝を煮詰めて取った染料で、染めるのです」

今度は丸顔で、ふくよかな頬をした娘が答えた。こちらは、日本の美しさをさらに洗練させたような顔立ちである。有名な小野小町《おののこまち》は、こんな顔をしていたのではないか。

「樹皮や枝？　樹皮や枝は桜色をしておらぬぞ」

ちょうど、湧き湯のわきに山桜があって、いまは濃い緑の葉を茂らせている。

吉宗はその樹皮や枝を指差した。

吉宗の問いに、二人はまた顔を見合わせて微笑《ほほえ》んだ。まるで、季節外れの桜の花びらが舞い散ったように、吉宗には見えた。

「ほんとにそうですよね。でも、桜の樹皮や枝は、あの黒っぽい茶色の後ろに、淡い桜色を隠しているのです。だから、煮詰めると桜色が出てくるのです。草木《くさき》染《ぞ》めをしていると、そういう自然の不思議さにしょっちゅう驚かされますよ」

細面の娘のほうが言った。

「ほう。そうなのか」

吉宗は感心し、供の三人を見て、

「知っていたか？」

と、訊いた。

「いいえ」

誰も知らなかった。

藩内でも指折りの秀才であるのに、そうした大自然の深遠《しんえん》な摂理《せつり》についての知識はない。むしろ、この山で暮らす若い娘たちのほうが、よく知っているのだった。

吉宗は、この娘たちにえも言われぬ魅力を感じた。もっと話してみたいとも思った。

「そなたたちが染めた桜色の着物が着たいものだ。もちろん金は出すから、つくってくれぬか」

と、吉宗は言ってみた。

「桜色の着物をですか？」

娘たちは目を丸くした。

「似合わぬか？」

「似合わないということはありませぬが、お侍さまたちには、もっと似合う色はあると思います」

丸顔のほうの娘が言った。

「どんな色だ？」

「たとえば、そっちにある柳の木ですが、あの葉を煮詰めて色を出すと、淡い緑になります。涼《すず》しげで爽《さわ》やかで、皆さん、お似合いだと思います」

「おう、それはいい。それでつくってくれ」

吉宗はさっそく、四人分の反物を頼んだ。

「どちらにお届けいたしましょう？」

この問いに、供の一人が、和歌山城の名を出しそうになったのを、吉宗は慌てて止めた。

「おれの身分は言うな」

吉宗は小声で命じた。

「なぜです？」

「そんなことであの娘たちに好かれたくないのだ」

ただの若者の一人として接してもらいたい——それは自分でも不思議な願望だった……。

二

「あの二人の娘こそ、わしの初恋の人。わしが木綿の衣服を好むのは、あの娘たちの影響もあるのだ」

吉宗は、三十年近く前のできごとを振り返って、感慨《かんがい》深げに言った。

吉宗の前には、ほめ殺しの水野《みずの》、おとぼけ安藤《あんどう》、ケチの稲生《いのう》、そして大岡越前《おおおかえちぜん》がいる。吉宗の重大な告白を受け、改めて四人が、詳しい話を聞いているのだった。

「では、その後もその娘たちと？」

水野が訊いた。

「うむ。四人の反物をつくってもらったあとも、わしはしばしば龍神温泉に行き、泊まったりもした。やがて、娘たちと……」

吉宗の顔に、古木の切り株から初々《ういうい》しい新芽が伸びたような、なんとも言えぬ微笑が浮かんだ。

「娘たちの名は？」

「はるとあきと言った。だが、本当の名ではないかもしれぬ」

「そうなので……」

「わしは奇妙なことに、二人に恋をした。二人は見た目も心根《こころね》も正反対のようだったが、どちらも素晴らしい魅力があった」

「では、二人と……契《ちぎ》られた？」

安藤が遠慮がちに訊いた。

「若かったのだな。もちろん、別々にだぞ。それが娘たちに知られ、わたしたちのどっちが好きだったのかと詰め寄られた」

「それで？」

「正直に二人とも好きだと」

「……」

「もしややができたりしていたら、城を訪ねて来いと。そのとき初めて身分を明かした。それで、二人に羽織の袖と短刀を与えた」

「どれをどちらにお渡しに？」

「それは忘れた」

「ややは生まれたのでしょうか？」

「わからぬ。それからしばらくして、わしは素行《そこう》を咎《とが》められ、遠出をさせてもらえなくなった。数年後に龍神温泉を訪ねたときは、あの娘たちはいなくなっていた」

「では、いま、巷《ちまた》で噂になっている者は？」

稲生がかすれた声で訊いた。

「そのときにできたややかもしれぬ」

「なんと……」

一同は絶句した。

吉宗はさらに驚くべきことを言った。

「もしかしたら、そのあたりのことは湯煙り権蔵《ごんぞう》が知っているかもしれんな」

「上《うえ》さま。湯煙り権蔵とおっしゃいましたが、以前ちらりと名が出たお庭番《にわばん》の者でございましょうか？」

おとぼけ安藤が訊いた。

やはりこの部屋で、お庭番の頭領《とうりょう》の川村一甚斎《かわむらいちじんさい》といっしょになったことがある。そのとき、全国の温泉に精通した男として、権蔵の名が語られた。

「そうじゃ。わしも名を聞くばかりで、直接話したことはないのだがな」

吉宗はうなずいた。

「なぜ、その権蔵とやらが？」

ケチの稲生が訊いた。

「湯煙り権蔵と言ったら、あのあたりの女たちのあいだではたいそうな有名人でな。誰もいないと思って入ったのに、湯のなかからあやつが顔を出したとか、髪を洗っているといつの間にか手が一本増え、それがあやつの手だったとか、そういう噂が蔓延《まんえん》していたものさ」

「では、不届き者ですな」

ほめ殺しの水野が眉《まゆ》をひそめた。

「ところが、不評ばかりではないのだ。あやつの勧めで温泉の湯で飯《めし》を炊《た》くと、病《やまい》が軽くなったとか、あやつといっしょに湯に浸かると、子宝に恵まれるとか、いい噂もあった」

「そうなので」

「しかも、あやつが温泉に薬草を足すと、入った者は湯のなかで眠ってしまったり、逆に痛くて入っていられなくなったり、そうした不思議な技も使えるという噂だった」

「ほう」

これには一同、感心した。

「権蔵のことは、はるとあきもよく知っていた。あの、図々《ずうずう》しい助平《すけべい》おやじなどと言っておったので、たぶん、権蔵にからかわれたりしていたのだろう」

「まさか、二人に不埒《ふらち》なふるまいなどはしなかったでしょうな？」

大岡が心配そうに訊いた。

「あっは、それはあるまい。あの娘たちは権蔵を相手にしていなかった。もっとも、裸をのぞかれるくらいはされたかもしれぬが」

「したでしょうな」

大岡は、権蔵のことを知りもしないくせに、自信ありげに決めつけた。

「それくらいだから、わしたちのことも当然、見ていただろうし、わしが知らないことも、あやつは知っているかもしれないわけだ」

「では、権蔵めを」

「うむ。呼び出して訊いてみよう」

三

吉宗がその名を口にした湯煙り権蔵は、そのころ、くノ一のあけびとともに、下野国《しもつけのくに》の那須《なす》温泉〈鹿《しか》の湯〉にいた。

ここの歴史も古い。このときからおよそ千年ほど前、白鹿が傷を癒《いや》していたことから発見されたという。鹿の湯の名も、その逸話《いつわ》に由来《ゆらい》する。

松尾芭蕉《まつおばしょう》も『おくのほそ道』の旅で、この湯を訪れていて、すでに温泉宿も立ち並んでいた。

湯は白濁《はくだく》した硫黄泉《いおうせん》である。

入る前に、何度も頭から湯をかぶるという風習がある。

「熱海《あたみ》、草津《くさつ》、箱根《はこね》の湯がしばらく駄目《だめ》だとなれば、この那須の湯が献上湯の候補となることは、大いに考えられるぞ」

鹿の湯を見ながら、権蔵はあけびに言った。

「そうなんだね。でも、臭《にお》いは草津の湯に似てない？　色はぜんぜん違うけど」

「ああ。どちらも硫黄の臭いがするからな。だが、草津ほど強烈ではないだろう？」

「そうだね。こっちのほうが軽い疲れにはいいかも」

「お前、なかなか温泉を見る目があるじゃないか」

「そう？」

「おれの弟子になれ」

「お断わり」

あけびは、納豆売りにでも言うように軽く言った。

「ただ、この湯は熱海のように熱湯ではないからな。草津よりも、ちとぬるい。これだと運ぶうちに完全に冷たくなってしまうだろうな」

「でも、どうせ沸かし直すんでしょ」

「それはそうだが、温泉の湯はできるだけそのままの、生《き》の湯に入ったほうがいいんだ」

「生の湯っていう言い方も変だけどね」

と、あけびは笑った。

「おれの評価だと、ぬく味ととろ味は三点をやってもいい。爽味《そうみ》は二点かな。とりあえず、あけびも入って、この湯の具合を確かめてみればいい」

「そうだね」

あけびがうなずくと、権蔵はすぐわきの脱衣場で、いそいそと袴《はかま》や着物を脱ぎ始めた。

だが、あけびはためらっている。

権蔵は唸《うな》りながら首まで浸かって、

「なに、してるんだ?」

と、訊いた。

「ほかに湯治《とうじ》の客が来てないよ」

夜通し歩いてここへ着いた。まだ、夜は明け切っていない。

「そのうち来るさ」

「だったら、ほかの客が来てから入る」

と、あけびは言った。

「なんで？」

「権蔵さん、あたしの裸、凝視《ぎょうし》するよね。穴が開くほど、じいっと見つめるよね。しかも、なにするかわかんないし」

「それは、あけびのために見るんだぞ」

権蔵はぬけぬけと言った。

「なにがあたしのためよ」

あけびは怒った。

「嘘じゃないぞ。おれは湯に入ったときの女の裸を見れば、血の通い具合だの、肌の色艶《いろつや》などから、病や体調まで診《み》て取れるんだ。だから、じっくり診てやるんだ。別に嫌らしい気持ちで見ているわけではない」

「それはお医者に頼むよ」

「医者がそこまで診て取れるもんか。おれだからわかるんだ」

「大きなお世話。権蔵さんにそこまで診てもらいたくない」

あけびはきっぱりと言った。

「なんだよ。くノ一なんだから、たかが裸を見られるくらい、どうってことないだろうよ」

権蔵も怒って言った。

確かにそうなのである。

くノ一は、箱入り娘だのお嬢さまだのと違って、裸を見られるくらい別にへっちゃらである。

しかも、自分の裸のきれいさには自信があるし、見られたって減るものでもない。

もしも小判の一枚も出して、

「拝むだけでいいから」

と手を合わせられたら、承知してしまうかもしれない。

だが、権蔵のこの態度が嫌なのだ。立場は同じなのに年齢が上だからといって、裸を見るくらいは当然という厚かましさが気に入らないのだ。

「とにかく嫌なものは嫌だから」

「だったら、湯舟のずっと向こうに入ればいい。あっちだったら、湯気《ゆげ》に霞《かす》んで、おれもはっきりはわからないさ」

鹿の湯は広い。

権蔵の言うとおり、向こうは湯気で見えない。

「そうだね」

あけびは湯舟の端《はし》まで行って、着物を脱ぎ、岩にかけた。

脱衣場の建物は、屋根と柱はあるが、壁はない。微風《そよかぜ》が肌を撫《な》で、すぐそばを流れる川のせせらぎも聞こえている。

白い湯にゆっくり身体《からだ》を浸《ひた》す。

「ああ、いい気持ち」

思わず声が出る。

正体のわからない敵のことも、旅の疲れも、すうっと抜け出ていくような気がする。

だが、あけびはまもなく異変に気づいた。

――まただ!

身動きができなくなっていた。

この前もそうだった。

あのときは、小さな湯舟ですぐそばに権蔵がいた。もしかしたら、仮寝《かりね》の術を使われたのかもしれないと、あけびは疑っていた。

目を見つめることで相手に暗示をかけ、夢でも見ているようにさせて、身体の自由を奪う。そういう術があると聞いたことがあった。

だが、いまは同じ湯舟といってもずいぶん離れている。しかも、湯気で権蔵の姿はぼんやりとしか見えていない。

仮寝の術になんてかかるわけがない。

「ふっふっふ。どうした、あけび?」

「こ、来ないれ」

うまく口も回らない。

権蔵は遠慮もなく、ばしゃばしゃと音を立てながら、すぐそばまで来ていた。

「どれどれ、権蔵先生が悪い病はないか、じっくり診てしんぜようかな」

嫌らしい笑いが目の前に迫った。

「えいっ」

あけびは渾身《こんしん》の力で身体をよじった。手足を動かすのはままならないが、身体の中心をずらすくらいは、湯のなかだったため、どうにかやれた。

身体を何度も回転させる。

「そんなことしたって無駄、無駄」

権蔵が笑いながらそう言ったとき、

「ああっ」

ふいに湯のなかにひっくり返り、そのまま逆さに持ち上げられた。

「なんだ、これは？」

権蔵は、上の梁《はり》に、紐《ひも》で吊《つ》り下げられていた。

「あたしだって、技の一つや二つ持ってるよ。これがくノ一忍技《にんぎ》のミノムシ吊りさ」

こんなこともあろうかと、白い絹糸を使って、権蔵が近づいたら足をからめ取る仕掛けをつくっておいたのだ。身体を回転させたのは糸を巻き取るためだった。

「お、下ろしてくれ」

「無理。あたしも身体が利《き》かない」

「じゃあ、ずっとこのままか？」

「誰かが助けてくれるまでね」

そのとき、声がかかった。

「お前たち、なにやってるんだ？」

あけびも顔見知りの、お庭番の仲間が来ていた。伝達役をする男である。

「あ、長兵衛《ちょうべえ》。助けに来たのか」

「違う。権蔵、上さまがおぬしをお呼びだぞ」

「上さまが？」

権蔵は、逆さになったまま、目を丸くした。

四

江戸城本丸中奥《ほんまるなかおく》の庭――。

頭領の川村一甚斎とともに、湯煙り権蔵は将軍吉宗の前にまかり出た。

と言っても、権蔵は庭の砂利《じゃり》の上で這《は》いつくばっている。砂利は陽に炙《あぶ》られて熱く、権蔵は砂浜のフナムシにでもなった気分である。奥の部屋で吉宗の声はしているが、なかなかお出ましにならない。「米を九月に、サツマイモを十一月に収穫できるようにするとよいのじゃがな」などと言っている。ほとんど村の庄屋《しようや》がする話である。米はまだしもイモの心配までしなければならないのだから、将軍も大変である。

ようやく話が終わった。

「湯煙り権蔵。ようまいった」

遠くから吉宗の声がかかった。

「ははっ」

「龍神温泉では、そなたの噂をずいぶん聞いておったぞ」

「恐れ入ります」

どうせろくでもない噂だろうと、権蔵は肩をすぼめ、ますます身を低くした。

「じつはそなたに訊きたいことがある。三十年近く前、龍神温泉のあたりにはるとあきと申す、美しい娘たちがおったのを覚えておるか？」

「はるとあき？　それは小春《こはる》と千秋《ちあき》のことでございましょうか？　染物などをしておった娘の？」

「やはり仮の名であったか」

「二人とも、鄙《ひな》にはまれなほど、美しい娘でございましたな」

権蔵は思わず顔を上げて言った。

「そなたもそう思ったか」

「はい。上さまがお若いころ、ご執心《しゅうしん》だったと記憶いたしておりますが」

権蔵は恐縮《きょうしゅく》しつつ言った。

「それも知っておったか。うむ、真《まこと》の話じゃ」

「ははっ」

「その二人は、そのあと、どういたした？」

「確か、龍神温泉の近くからもっと山のなかへ、住まいを移したはずにございます」

「なにゆえに？」

「確かめたわけではございませぬが、どうもややができたらしいとは聞きました」

「二人にか？」

権蔵はしばらく考え、

「そう聞いた気がいたしますが、なにぶん昔のことでございますので……」

と、答えた。軽々には言えないが、当時、吉宗の子という噂もあった。

「権蔵。ただちに龍神温泉に向かい、当時の小春と千秋のその後について、詳しく調べて来てもらいたいのじゃ」

「ははっ」

初めて受けた将軍直々《じきじき》の依頼に、権蔵は涙が出そうになるほど感激したのだった。

第六章　二度目の富士乃湯《ふじのゆ》

一

　この日、吉宗《よしむね》は上野の寛永寺《かんえいじ》貫首《かんしゅ》である宮さまを訪ねる予定だったが、宮さま急病とのことで、急遽《きゅうきょ》取り止《や》めとなった。この宮さまの話は、いつも鯉《こい》のぼりの尾ひれに六尺ふんどしをつけたくらい長いので、取り止めになったのはじつにけっこうなことだった。

　ほめ殺しの水野《みずの》が来て、

「上《うえ》さま。富士乃湯《ふじのゆ》に行かれますか？」

と、訊《たず》ねるや、吉宗は、

「もちろんじゃ」

すぐさま立ち上がった。あれから五日、次はまだかと楽しみにしていたのである。

「ちと雨模様にございますが」

「たとえそれが涙の雨であろうが血の雨であろうが、わしは行きたい」

「ははっ」

吉宗の意を受け、ただちに伝令が走り、わずか四半刻《しはんとき》（三十分）ほどで富士乃湯の周囲は、目立たないが万全の警護態勢が整えられていた。

本丸《ほんまる》の玄関に出てみると、なるほど小雨《こさめ》が降っていたので、履物《はきもの》は下駄《げた》にすることにした。

「下駄はよいのう」

下駄で外を歩くなどというのは、和歌山城にいた若き日以来ではないか。

——そういえば……。

龍神《りゅうじん》温泉で、窓から雨に濡《ぬ》れた山を眺めつづけたことがあった。あれは、はるといっしょのときだった。

「きれいですね」

「まったくだ。緑という色がこんなにきれいだとは初めて知った気がする。それもはると知り合ったおかげだな」

「そうだったら嬉《うれ》しいけど……」

「けど？」

「まもなく別れなければならないのはわかってますし」

「そうとは限らぬぞ」

「こ・と・ば・だ・けぇ」

はるは唄《うた》うように言った気がする。

若き日の恋を思い出すと、胸の奥がきゅんとなってしまう。あんな思いを味わうことは、もうないのかと思うと、じつに寂しい気がする。

後ろを振り返ると、今日も水野、安藤《あんどう》、稲生《いのう》の三人組がぞろぞろと付いて来ている。小姓《こしょう》だけでよいと思うのだが、役目柄《がら》致し方ないのだろう。

もっとも三人組にしても、巷《ちまた》の湯に入るのが嬉しそうなのである。

今日も常盤橋《ときわばし》の上で、吉宗は立ち止まった。

「上さま。どうかされましたか？」

水野が訊《き》いた。

「いや。江戸の雨の光景もいいものじゃな」

向こうの呉服橋《ごふくばし》は雨に霞《かす》んで、うっすらとしか見えていない。それでもお濠《ほり》沿いの木々の緑は、晴れの日よりも鮮やかである。

絶え間ない雨粒によって、水面《みなも》は細かい煌《きら》めきに満ちている。いつもは底まで見通せるくらい澄んだ水も、いまは薄緑色に濁っている。雨に煙った景色は、さながら唐土《もろこし》の水墨画《すいぼくが》でも見ているようだった。

「上さま。お風邪《かぜ》を召されますぞ」

「馬鹿を申せ。これしきの雨で風邪などひくか。それより水野。上さまではないからな」

吉宗は念押しした。

吉宗が富士乃湯に近づいたとき、ちょうど着流しの武士がなかへ入るところだった。この前もいた北町奉行所《きたまちぶぎょうしょ》の同心《どうしん》である。一足先に入って、曲者《くせもの》がいないか確かめるのだろう。

やはり警護は万全である。

小姓、吉宗、水野、安藤、稲生の順で、ぞろぞろとなかに入った。

すると、番台《ばんだい》に誰もいない。

見ると、あるじは番台の向かい側にある棚のところでほかの客二人と話をしていた。

吉宗は人数分の湯銭《ゆせん》を置き、なかへと進んだ。

「そりゃあ、おかしいね」

と言ったのは、この前もいた丈次《じょうじ》である。

「おかしいだろう?」

と、あるじが言った。

「いっぺん片づけてみたらどうだい?」

「そういう勝手なことはできないよ」

ほかにもう一人、確か三太《さんた》という若者もいて、三人でどうやら桶のことを話しているらしい。

「どうかしたのか?」

稲生が声をかけた。

「いえね、ちょっと奇妙な留桶《とめおけ》がありましてね」

と、あるじが棚の上を指差した。

塗《ぬ》りの桶があった。湯屋《ゆうや》にはふさわしくないような豪華な造りで、螺鈿《らでん》細工まで施《ほどこ》されている。

「留桶というのか？」

「ええ。お得意さまはいちいち桶を持って来なくてもいいように、自分の桶を置いておくんですが、それを留桶というんですよ。もちろん、ただというわけにはいかず、店賃《たなちん》みたいな代金は頂くので、懐《ふところ》具合《ぐあい》のいい人じゃないとやりませんし」

「なるほど」

「ただ、この塗りの留桶ですが、もう五年もここにあって、一度も使われたことがないんです」

「使われていない？　では、置いたことを忘れているのだろう」

と、稲生は言った。

「それはないんです。一年を期限にして、そのつど代金をもらうのですが、昨夜もこれに向こう一年分の代金が入っていたんです」

「不思議だな」

わきで聞いていた吉宗が、ぽつりと言った。

「でしょう? お武家《ぶけ》さま、このあいだ、ご家来に因縁《いんねん》をつけた男の素性《すじょう》を見破ったみたいに謎解《なぞと》きをなさってくださいよ」

丈次が微笑《ほほえ》みかけながら言った。

「わしが謎解きを?」

「ええ。ぜひ」

丈次はうなずいた。

「あるじ。困っているか?」

吉宗はあるじに訊いた。

「困ってるってほどではありませんが、薄気味悪い気はしますね」

「そうだろうな」

吉宗は解いてみたい気になっている。

手を伸ばして、塗りの桶を取った。

すると、あるじが慌《あわ》てて、

「気をつけてくださいまし。落として欠けたりすると大変ですので」

「わかった。気をつける」

吉宗はそう言って、桶のなかや底までを見た。いい塗りである。

「贅沢《ぜいたく》なものだな」

かすかに咎《とが》める気配がある。

「立派なものでしょう」

あるじの口調は、逆に自慢げである。

横に家紋《かもん》らしきものが入っていた。その紋様《もんよう》は、丸のなかに楕円《だえん》があり、楕円のなかに丸が二つ並んでいるというものだった。

「丸に豚の鼻みたいだな？」

吉宗が水野に言った。

「確かにそうも見えますな」

「見たことはあるか？」

「はて」

水野だけでなく、安藤も稲生も首をかしげた。

「まずは湯に入ろう」

雨が降っているせいか、少し肌寒い。

吉宗たちは、急いで着物を脱ぐなり湯舟に向かった。

「大殿《おおとの》。足元にお気をつけて」

と、水野が洗い場で前に出ようとして、氷の床であぶらあげでも踏んづけたみたいに、つるりんと足を滑《すべ》らせた。しかも右足が横に滑ったので、左足で踏ん張ろうとしたら、その左足も横に滑ったものだから、いきなり大股開《おおまたびら》きの恰好《かっこう》になった。

ボキッ。

という音までさせて、水野は仰向《あおむ》けにひっくり返り、悶絶《もんぜつ》した。

「うっ、ううっ」

「大丈夫か、水野？」

「いや、申し訳ございませぬ」

「骨が折れたのではないか？」

「いや、そこまでの怪我《けが》ではないです」

「そなたに湯屋は合わぬのではないか？　向こうで休んでおれ」

「ははっ」

水野もさすがに情けなさそうに、這《は》いながら脱衣場にもどって行った。

「安藤は、この前の水野のように頭をぶつけぬようにな」

吉宗はそう言って、ざくろ口をくぐった。

二

吉宗は二度目なので勝手もわかっている。湯の熱さを確かめ、湯舟にゆっくり身を沈めた。

「ううっ」

今日も湯は熱い。どうしても唸《うな》り声が出てしまう。だが、これに耐えて、肌が湯になじんだとき、なんとも言えぬ心地《ここち》よさに包まれるのだ。

「いい湯じゃのう」

吉宗は隣にいる稲生に言った。

「まったくです」

安藤も今日は怪我もなく、満足げに首まで浸《つ》かっている。

すぐに丈次と三太も入って来て、湯舟は五人になった。あと一人二人は入れるだろう。

丈次が薄暗いなかを安藤に身を寄せ、

「お武家さま。これって、もしかしてご検分ですか?」

と、小声で訊いた。

丈次は、このあいだ頭《かしら》のところで、安藤と話をしたので、顔を覚えていたらしい。ただ、五日前に安藤が富士乃湯に来たときは、滑って腰を打ち、板の間で休んでいたので、顔を合わせなかった。

稲生のほうは、頭のところに行ったときは目立たないよう、ほかの者の背後にいたので、丈次も記憶にないのだろう。

「いや、違うのだ。それとは別に、わしらも巷のようすをもっと知ろうと思ってな」

安藤はとぼけた口調で言った。こうした芝居《しばい》は、安藤のお手の物である。

「そうでしたか」

丈次は少しがっかりしたらしかった。

たっぷり温まり、五人は洗い場のほうへ出た。

吉宗たちは丈次たちと離れて座ったので、

「安藤。さっきはどうかしたのか？」

と尋ねた。

「はい。じつは、あの丈次が訴状を寄こした者なのです。この前は怪我で、お教えするのを忘れておりました」

「そうか。あの者が〈い組〉の丈次だったか。なかなか真《ま》っ正直《しょうじき》そうな男ではないか」

「ええ。纏《まとい》持ちをしておりまして」

「なるほど、俊敏《しゅんびん》そうな身体《からだ》つきじゃな」

吉宗はさりげなく丈次を見て言った。

火照《ほて》った身体をぬか袋でこすったりするうち、新たに三人の客が入って来た。

若い男に、五十前後の中婆《ちゅうばあ》さんと若い娘である。この三人は、互いに知り合い同士であるような、ないような、なんとなく微妙な感じなのだ。巷の湯には興味深い人間が次々にやって来るものである。

吉宗はしらばくれて三人のようすを窺《うかが》った。吉宗は、三人を眺めるうち、同じように丈次も怪訝《けげん》そうな顔をしていることに気がついた。

そのうち、丈次と目が合ったので、訊きたいことがあるという顔で手招きをした。

「なんですかい？」

丈次は吉宗のそばに来て訊いた。

「うむ。さっき入って来た三人だが、なにか妙なのでな」

「そう思われましたかい。じつは、あの若い男と女は、見合いをしているんです」

という丈次の返事に、

「見合い？　ここでか？」

と、吉宗は目を丸くした。

「ええ。町の湯屋ではよくあることでしてね、互いに裸を見せ合って、品定めをするわけです」

「なるほど」

だから、あの男女も互いにちらちら見やっているわけなのだ。

「それで、いっしょに来た中婆さんは取り持ち専門で、うまくいったら礼金などをもらうわけです」

「面白いのう」

これぞ庶民の暮らしの一端。湯屋に来てみないとわからないことである。

「ところが、不思議なのはあの女でしてね。ご覧のとおり、たいそう別嬪《べっぴん》じゃねえですか」

「そうだな」

ちょっと澄ましたふうの、相当な器量《きりょう》である。大奥《おおおく》にも、あれだけの器量の女はそうはいない。しかも、細身《ほそみ》なのに胸はむっちりと大きい。

「男のほうは、日本橋室町《むろまち》二丁目にある〈静月堂《せいげつどう》〉という履物屋の若旦那《わかだんな》です。

あそこの草履《ぞうり》は凝《こ》った造りで、一流品として評判のものです」

「なるほど。では、この話は決まりだな」

と、吉宗は言った。

「ところが、おそらく話は決まりませんぜ」

「ほう。なぜだ？」

「女が断わります。あの女は、あっしが知っているだけで、これで七回目の見合いなんです」

「七回目？」

「いままでの相手も皆、室町や十軒店《じっけんだな》界隈《かいわい》の、大店《おおだな》の若旦那です。あっしの知り合いも何人かいました。でも、あの女は、なびかなかったんです」

「ほほう」

留桶だけではない。湯屋の見合いもまた、謎をはらんでいるのだった。

三

吉宗は、女よりも静月堂の若旦那のほうをじいっと観察している。

安藤と稲生は、町人たちの見合いなどなにも興味はないらしく、互いに背中をこすり合っては、なにやら嬉しそうにしている。

若旦那は顎《あご》が小さく、三角の顔をしている。硬《かた》いものはほとんど食べてこなかったのだろう。

生意気《なまいき》そうな表情をしているが、気は弱そうである。この手の顔は、大名の嫡子《ちゃくし》などにもよく見られる。

涎《よだれ》でも垂らさんばかりに、女を見つめている。よほど気に入ったらしい。

女が湯舟に向かった。すると若旦那も、ヒヨコが歩くようなよちよちした足取りで後を追った。

吉宗もいっしょに入りたかったが、まだ身体は火照ったままで、いま入ったらのぼせてしまいそうである。

だが、女はちょっと湯舟に浸かっただけで、出て来てしまった。それからすぐに上がり湯をもらったので、長湯はせずに出て行くのだろう。

後を追って出て来た若旦那は、もうちょっと女を見ていたかったというような顔をしている。

するとそこへ、吉宗も見覚えのある桃子姐《ももこねえ》さんが入って来たではないか。

出て行く見合いの女と、入って来た桃子姐さんが湯煙りのなかで交差した。

美女二人の裸のすれ違い。目で追うと、右目と左目が入れ替わった気がした。

男たちは口を開けてその光景を眺めている。安藤と稲生も、とても幕府の重臣とは思えないくらい、崩れおちそうな顔をしている。

「こほん」

桃子姐さんが咳払《せきばら》いをすると、皆、慌てて視線を手元にもどした。

ただ、男たちは皆、女二人を見つめていたのに、若旦那だけは桃子姐さんには目もくれなかったのだから、その一途《いちず》さに吉宗は感心した。

若旦那がうっとりしているところに、取り持ちの中婆さんが近づいて、なにか訊いた。

「いやあ。申し分ないね」

と言った若旦那の声は、吉宗のところまで聞こえた。

「あれで、気立てだっていいんですよ」

「ああ。ぜひ、この話は進めておくれよ」

若旦那は拝むように手を合わせて言った。

「はいはい、わかりました。男の方なら、誰だってそうですよね。ちょっと、あの娘《こ》の気持ちを訊いてきますね」

中婆さんは脱衣場のほうに出て行き、また、戻ってなにか言った。

「いいよ、いいよ。お安い御用だ」

若旦那はうなずいた。

まもなく中婆さんも出て行った。

若旦那はご機嫌で、鼻唄《はなうた》までうたっている。

吉宗は、そんな若旦那を見ながら、

「これは興《きょう》味《み》津々《しんしん》だな」

と、隣にいた丈次に言った。

「見合いの成り行きがですか？」

「そうではない。あの五年間置きっぱなしの留桶と、いまの女たちとのつながりのことだ」

「え？　つながりなんてありますか？」

丈次は目を丸くして吉宗に訊いた。

「ある。そなた、あの中婆さんも、先に出た女も、留桶を使っていたのに気がつかなかったか？」

「留桶を？」

「二人とも、皆が持って来るような桶や備えつけの桶と違って、桐の板でこしらえた高級そうな桶を使っていたではないか」

「そうでしたか？」

「ああ。しかも、あの五年使われていない塗りの桶の上と右横に置かれてあったものだぞ」

吉宗は自分でも驚くくらい、あの棚のありさまが頭に入っていた。まるで初めての景勝地を眺めるみたいに湯屋を見回しているので、細かいところまで脳裏に刻《きざ》まれたのかもしれない。

「ほんとですかい？」

「確かめて来るがいい」

丈次は出て行き、すぐに戻ってきた。

「ほんとでした。あの女はちょうど塗りの留桶の上の棚に置いて出て行ったところです。空《あ》いている右隣は中婆さんが置くのでしょうね」

「だろうな」

吉宗はうなずき、思案を巡らし始めた。

塗りの留桶は、なぜ使われもせず、あそこに置きっぱなしになっているのか？

奇妙な見合いを繰り返しているらしい娘と、取り持ちの中婆さんの留桶が、それを囲むようにしてあるのは単なる偶然なのか？

本気で思案するあまり、今日は湯気の向こうの桃子姐さんの裸にも目がいかない。

吉宗は、鼻唄をうたっている若旦那に近づき、

「ちと、訊きたいことがある」

と、声をかけた。

「え？」

若旦那は、見も知らぬ巨体の武士にいきなり話しかけられ、ちょっと怯《おび》えたよ

うな顔をした。

「見合いをしておったであろう？」

「あ、はい」

「中婆さんが出るときに、そなたになにか言い残したではないか。あれは、なんと申した？」

「お、お武家さまは、どなたさまで？」

若旦那だって、何者ともわからない相手に、見合いの秘密を打ち明けるのは嫌なのだろう。

「わしはな、今度、幕府に新設される予定の、お見合い奉行という職につく予定の者だ」

「お見合い奉行？」

若旦那は驚いたが、吉宗もまた、思わず口をついた突飛《とっぴ》な出まかせに、自分で驚いた。

「さよう。正直に申せ」

「はい。もし、お嫁に入るとしたら、台所仕事もするだろうから、今度はお宅の台所を見せて欲しいと言っていたと」

「そういうことか。あいわかった」

吉宗はそう言って、元の場所にもどった。

このころになると、丈次ばかりか三太も安藤も稲生も、なにごとかと吉宗のそばに集まって来ている。

「女は、静月堂のなかを探るつもりですね？」

丈次が吉宗に訊いた。

「だろうな」

「もしかして泥棒の手下《てした》か？　押し込みの下調べでもするんですかい？」

であれば、見合いはただの口実。うまく行くわけがない。

「ちと、待て」

吉宗は、そばにいた北町奉行所の者に、

「このあたりの大店で、ここ五年くらいのうち、押し込み騒ぎはなかったか？」

と、訊いた。

「いいえ、そんな騒ぎはありません。ここらはお城にも近く江戸の中心ですので、われらも日々、見回りを怠《おこた》りません。押し込みなど、もう何十年ものあいだ、一度もありません」

奉行所の者は、自慢げに言った。

——ということは？

吉宗は、はたと閃《ひらめ》いた。

四

「このあたりで金貸しを営むのは？」

吉宗は丈次に訊いた。

「三井《みつい》の両替のほうでも金を貸してますが、あとはやはり室町の〈萩屋《はぎや》〉という両替商が大口《おおぐち》の貸金を扱ってますね。小口《こぐち》の金貸しとなると、あっしはあまり縁がないので」

「萩屋？　なるほど、それだ」

「なにがそれなんです？」

「あの留桶の紋は、豚の鼻みたいだったな。あれは、つまり猪《いのしし》の花ということなのだ。花札《はなふだ》で、猪といっしょに描かれている花はなんだ？」

「猪の花？　萩です。あ、萩屋ですか」

丈次は膝《ひざ》を打った。

ちなみに、いまある花札がいつごろ生まれたかは諸説ある。戦国時代に宣教師が持ち込んだカードがルーツとされ、徐々に日本的なものに変形していった。寛《かん》政《せい》の改革のとき、花札の禁令が出ていて、このときにあったのは確実とされ、吉宗の時代にもあったとするのは不自然ではない。

「萩屋としては、大金を貸すうえで、店の内情をできるだけ探っておきたいだろうが、直接訊いても、本当のことなど言うわけがない。だが、嫁入りするかもしれない女が、なかに入って手代《てだい》やら女中などに訊けばつい話すのではないか」

「すると、女と中婆さんは萩屋の回し者ですか！　こりゃあ驚いた」

「探った実情を紙に記し、あの留桶にそっと入れておくのだ。それを萩屋の番頭《ばんとう》か手代が湯に来た際、取り出して持って行くのではないか。おそらく、塗りの留桶の左隣あたりは、萩屋の者の留桶が置かれているはず」

「なるほどねえ。でも、待っておくんなせえ。であれば、直接、萩屋の番頭だか手代だかの留桶を利用すればいいだけでは？」

「それだと、使ったあとで濡れていたりして、墨が滲《にじ》んでしまうかもしれぬぞ」

「確かに文字が滲むとまずいですね」

「あるいは、ふつうの留桶だと、お調子者がちょっと使ったりするかもしれぬが、あの塗りの留桶では気後《きおく》れして触る気になれないわな」

「まったくです。ちょっと確かめて来ますよ」

丈次は出て行き、すぐに戻って、

「見事、的中です。左隣の留桶は萩屋の番頭が使っているそうです。その推察で間違いないですね」

と、感心した口調で言った。

吉宗の推察に皆、啞然《あぜん》としていたが、

「萩屋は罪を犯しているんですかね？」

と、丈次は訊いた。もしも悪事なら、見過ごすわけにはいかないのだろう。

「褒《ほ》められることではないが、悪事とまでは言えぬのではないかな。貸し倒れを防ぐため、知恵を絞ったのだろう。それくらいの騙し騙《だま》されは大店にもなると仕方がないのかもしれぬな」

吉宗がそう言うと、途中から真剣に聞いていた勘定《かんじょう》奉行の稲生も、

「そうでしょうな」

と、うなずいた。

「やっぱり、あっしが睨《にら》んだとおり、殿さまの眼力《がんりき》はたいしたもんだ。殿さま、差し支えなければ、お名前をお聞かせくださいませ」

丈次はそう言って、尊敬のこもった目で吉宗を見た。

「こら、こら。不躾《ぶしつけ》なことを」

安藤が焦《あせ》って口を挟んだ。

大殿と呼ぶことは打ち合わせていたが、名前は決めていなかった。

だが吉宗は、

「よいではないか」

と安藤をなだめ、

「わしはの名は……」

そこで口ごもった。

安藤と稲生は緊張して吉宗を見た。名乗ってしまうのか。

「青井《あおい》と申す」

と、吉宗は言った。

「あおいさま？　葵《あおい》の御紋《ごもん》の葵ですかい？」

丈次が訊いた。

「違う、違う。青空の青に、井戸《いど》の井だ」

「なるほど」

「名は新之助《しんのすけ》」

これは、じっさい若いときの名だった。

「青井新之助さま。あっしは、い組の纏持ちをしている丈次と申します。以後、お見知りおきを」

丈次のあとから、

「丈次兄いの弟分で三太と申しやす。兄い同様、お引き立てのほどを」

と、三太も名乗った。向こうでは桃子姐さんが聞き耳を立てている様子である。

「うむ。こちらこそ、よろしくな」

吉宗は、気さくな笑顔を見せたものだった。

第七章　善にも策略を

一

「大丈夫か、水野《みずの》？」

富士乃湯《ふじのゆ》からの帰り道、おかしな恰好《かっこう》で歩く水野を見ながら、吉宗《よしむね》は心配そうに訊《き》いた。

水野は、歩けることは歩けるが、足が開いてしまっている。なんだか横歩きしかできないカニが、真《ま》っ直《す》ぐ歩いているみたいである。

「なんの、これしき。ただ、上《うえ》さまをお守りするためにお供をしたのに、前回に引きつづいてこのありさま、面目次第《めんぼくしだい》もございません」

「それはよいが、もう無理して湯屋《ゆうや》に来なくてもよいぞ」

「いいえ。次はなんとしても粗相《そそう》のないようにいたしますので」

　水野はどうしても来たいらしい。

「それよりも上さま。見事なご推察でございましたなあ。留桶《とめおけ》と見合いに両替の商《あきな》いがからむとは、思いも寄りませんでした」

　と、安藤が感激して言った。

「確かにわしも意外だった」

「だが、上さまがああした商いのことまでご存じとは驚きでした」

「何を申すか。わしがつねづね、町奉行《まちぶぎよう》たちの報告をろくに読みもせず、花押《かおう》を記しているとでも思っておったか」

「いえ、そうは思ってはおりませぬが、直接の経験がないと両替商のことなど思い浮かばぬのではと存じまして」

「わしが若いころ、和歌山の城下や江戸藩邸《はんてい》でいろいろ悪さをしておったのを知らぬのか」

「伺《うかが》っておりました。では、両替商にも？」

「両替商にも行ったし、質屋にも行って金を借りたこともある」

「ははあ。人間、大成《たいせい》するためには、一度くらいは、ぐれてみるべきですな」

水野は感心したが、若いうちのやんちゃぶりをあまり褒《ほ》めそやすのもどんなものか。

「しかし、咄嗟《とっさ》だったのに、青井新之助《あおいしんのすけ》という名はよろしかったですね」

と、稲生《いのう》が言った。

「うむ。わしもなかなかいい名前だと思った」

「はい。ちゃんと上さまに関わりがあるので、われらも度忘れなどしにくいと思います」

「なるほど」

吉宗たちはそんな話をしながら、なんともいい気分で千代田《ちよだ》の城に戻った。

城では、上野銀内《うえのぎんない》が待っていた。

「待たせたな、銀内」

吉宗はそう言って、銀内のわきにうつ伏せに横たわった。湯屋での心地《ここち》よい疲れもあって、すぐに寝入ってしまいそうである。

銀内は揉《も》み治療を始めるとすぐ、

「なんと、これは」

と、驚いた。一瞬、薄目も開けた。

「どういたした？」

「お肩がずいぶん柔らかくなっておられます」

「さようか」

吉宗も、確かに楽になっていると思う。

今日は、留桶の謎《なぞ》を解《と》いたあと、丈次《じょうじ》や三太《さんた》といっしょにもう一度湯舟に浸《つ》かり、それから洗い場でぼんやりし、汗を流してから出て来た。一刻（二時間）にも満たないあいだだったが、それでも身体《からだ》の凝《こ》りはずいぶんと和《やわ》らいだらしい。

「今日は、何かなさっておいでしたか？」

と、銀内は手を動かしながら訊いた。

「何かとは？」

「温泉に行かれていたとか？」

内心、銀内の洞察に驚いたが、

「いや、行っておらぬ」

と、とぼけた。

湯屋へ行って来たと言いたいが、それは極秘事項である。将軍が城を抜け出し、巷《ちまた》の湯屋に行ったなど、あってはならないことである。

「わたしの前に誰かに揉ませたとか？」

「そなたが最初だ」

「なにかお薬などは？」

銀内のつづけざまの問いに、廊下《ろうか》の与力《よりき》が、

「銀内。無駄口は無用」

と、叱責《しっせき》した。

「失礼いたしました」

銀内は慌《あわ》てて詫《わ》びた。

だが、手の動きが止まったままである。

「どうかしたか、銀内？」

吉宗が訊いた。

「あ、いや、とくには」

銀内はしらばくれて、揉み治療をつづけた。

だが、銀内が気づかないわけがないのである。吉宗の肌は脂《あぶら》っけが落ちてさっぱりし、身体の奥にほっこりと温《ぬく》みがある。

湯に入ってきたのは明らかである。

しかも、本丸《ほんまる》の風呂ではない。ここまで凝りをほぐすというのは、よほどの名《めい》湯《とう》に浸かったのではないか。

この前も、似たようなことがあった。あのときは、なにか楽しみなことができたと言っていた。その楽しみを味わってきたのかもしれない。

今日は、ツボをわずかに外して揉み治療を施《ほどこ》すことにした。この調子で凝りの解消が進めば、予定よりも早く銀内はお払い箱となってしまう。

それでも心地よかったらしく、吉宗は軽い寝息を立て始めた。うつ伏せになって眠りこけた巨体は、ほとんど熊《くま》である。

「今日はこれくらいにしておきます。冷やさぬよう軽いものをかけて、このままお寝《やす》みいただいてください」

と、銀内は小声で小姓《こしょう》に言った。

「わかりました。ご苦労さまでした」

小姓はうなずいた。

御座《ござ》の間を下がり、裏口のほうへ案内してもらっている途中、

「銀内。ちと訊きたいことがある」

と、声をかけられた。

大岡越前《おおおかえちぜん》だった。

今日は銀内の揉み治療を見ていたのだろう。いつもではないが、ときおりこうして見に来ている。もちろんふだんは、大岡子飼いの与力が、つねに銀内を見張っている。

将軍に銀内を紹介したのは大岡だから、厳重な警戒を怠《おこた》らない。

「なんでございましょう？」

「天一坊《てんいちぼう》は元気か？」

「はい。お元気でいらっしゃいます」

「巷に妙な噂が立っているのは知っておるな」

「は」

ドキリとした。じつは、以前、揉み治療に出た先で聞いたのである。天一坊さまは、将軍さまの隠し子であるらしいと……。

この話には銀内も驚いたのである。

天一坊が只者《ただもの》ではないとは、身近に接した者なら誰だってそう思う。なんとも言えない気品《きひん》がある。あれは生まれついてのものだろう。

かつ、欲がない。与えられるものがあれば、なんだって与えようとする。自分のことはともかく、他人をなんとかしてやろうと考える。他人の困った顔を黙って見ていられない。

ああいう人間は、人の上に立つべき人間として生まれてきたので、付け焼刃でつくろうと思ってつくれるものではないのだ。

銀内は薄々思っていた。あのお方はおそらく天子《てんし》さまに近いお公家《くげ》さまなどのご子息なのではないかと。まさか、将軍の隠し子とは思ってもみなかった。だが、あり得るのではないか。

しかも、銀内はいま、三日に一度、将軍の身体を揉ませていただいている。品《しな》川《がわ》のねぐらに戻れば、そこには天一坊がいる。

——ははあ。

山内伊賀亮《やまのうちいがのすけ》の魂胆《こんたん》が、ようやくわかった気がした。自分は天一坊と将軍を直接つなぐ糸になっているのだ。

——大変な役目を与えられたものだ……。

銀内は緊張を覚えるとともに、やりがいも感じたのだった。

「そなたは噂についてどう思う?」

大岡が銀内に訊いた。

うっかりしたことは言えない。

「わたしには何とも……」

「それはそうだ。何もわからぬままでよい。そなたの仕事は、あくまでも上さまの凝りの解消だ。それを忘れれば、まずいことになるぞ」

「ははっ」

脅《おど》された。だが、天一坊のためになることなら、脅しにも耐えるつもりである。

身を縮こまらせたまま本丸を出て、大手門《おおてもん》から江戸の巷に戻った。

ホッと一息つき、銀座のうなぎ屋〈竹の葉〉に向かった。そこで山内伊賀亮が待っている。

――山内さんはなあ……。

天一坊の心の純粋さは信じられる。だが、山内となると、手放しで信じるわけにはいかない。

ぜったい腹に一物《いちもつ》ある。いったい何をしようとしているのだろう。うなぎではなく、食えないヘビが、山内の腹のなかでとぐろを巻いている。

二

腹に一物ある山内伊賀亮は、店のなかでとぐろは巻かず、あぐらをかいて座っていた。

銀内は今日もうなぎのかば焼きを二人前頼み、礼金の十両（約八十万円）を山内に渡した。

「ご苦労であった。なにか変わったことはなかったか？」

山内は、ごぼうの味噌《みそ》漬けを肴《さかな》に、酒を飲みながら訊いた。腹は黒いくせに、口はあまり賤《いや》しくないのは不思議である。

「ありました。上さまの肩がいままでになく、柔らかくなっていました」

「そなたの揉み治療の効果ではないのか？」

「違います。どこかで湯に入ったようでした」

「城内の風呂であろう」

「いいえ、お城の風呂であれほど凝りが解消されるわけはありません」

「揉み治療のうまい奥女中でも入れたか？」

「揉んだ跡などありませんでした。あれは間違いなく温泉の湯の効果です」

「温泉だと？」

山内は、盃《さかずき》を下に置いた。

「熱海《あたみ》の湯が届かないとは聞きましたが、また来始めているのでは？」

銀内が訊いた。

「いや、それはない」

「そうですか、草津《くさつ》の湯も効果は絶大ですが、しかし草津の湯は匂いですぐにわかりますし」

「うむ」

「もしかして箱根《はこね》の湯が？」

「箱根の湯もいろいろ不祥事《ふしょうじ》があると聞いたぞ」

しらばくれた言い方だが、それも山内がやらせたことである。

「そうですか」

そこへかば焼きが運ばれて来たので、銀内はさっそくむさぼり始める。

身がふっくらと柔らかい。口に入れると溶《と》けるようである。

「山内さま。ここのはうまいですぞ。一口でも召し上がっては？」

「いや、よい」

と、山内は嫌そうに顔をしかめ、

「それにしても解《げ》せぬな」

「なにがです？」

「温泉の湯だ。そなたが申すことゆえ、上さまが温泉に浸かったのは確かなのだろう。だが、どこから運んだ？　まさか、城内で温泉が湧《わ》いたなどということは……」

「千代田のお城のなかに温泉ですか？」

銀内は驚いて訊いた。

「うむ。天一坊さまによると、江戸にはかなりの湯脈が通っているらしいぞ」

「湯脈が？」

江戸に温泉が湧くなど、銀内は聞いたことがない。だが、天一坊の温泉に対する知識や勘《かん》には驚くべきものがあるのだ。

以前、伊豆《いず》あたりの山道をいっしょに歩いていたとき、天一坊がふと立ち止まり、地面に手のひらや耳を当てたり、臭《にお》いを嗅《か》いだりするうち、

「ここを掘ると温泉が出る」

と、言ったことがある。

それから一年ほどして、同じ場所を通ると、なんと湯宿ができていたのである。なにか神通力《じんずうりき》があるとしか思えなかった。

「いま、われらがいる南品川あたりにも湯脈があるそうだ。じっさい、あのあた

りの百姓に訊くと、昔、大地震があったとき、湯が噴《ふ》き出したことがあったという言い伝えもあるらしい」

と、山内伊賀亮は言った。

「そうなので」

「ただ、江戸で噴き出す湯は、真っ黒でな」

「真っ黒?」

「そのうなぎの背中みたいにな」

山内伊賀亮は、いま焼き上がってきたうなぎを嫌そうに指差して言った。

「そんな温泉があるのですか?」

あっても、黒い湯になど入りたくはない。血の池地獄の一つ手前みたいなものだろう。

「あるらしいぞ。どうだ、上さまの肌がかすかに黒ずんだりしていなかったか?」

「いやあ、そういうことはなかったです」

盲目のふりをしているが、ときどき薄目は開けている。

「すると、城内に湯が湧いたわけでもないか」

山内は眉根《まゆね》に皺《しわ》を寄せて考え込んだ。

銀内には、そこまで深刻なこととは思えない。

やがて、ぽつりと、

「予定よりも早く動き出さねばならぬか」

と、山内は言った。

「わたしが何かすべきことは？」

銀内は訊いた。

「いや、そなたはいまのままでよい。とにかく上さまの信頼は失わぬようにな」

山内はそう言って、ここの勘定《かんじょう》を済ませ、先に出て行った。

三

山内伊賀亮は、芝白金台《しばしろかねだい》に新しくできた湯屋にやって来た。

天一坊が、今日はここに来ている。この湯屋のあるじから、できたばかりだと客が少ないので、評判の天一坊さまにぜひ来てもらいたいと、依頼があったのだ。近くにはいい医者がおらず、心待ちにしている病人もいると。

こういう話を聞くと、天一坊は何かしてやらずにはいられない。しばらくはこの湯屋に通い詰めになるだろう。

湯屋の前まで来て、山内は立ち止まった。

見覚えのある男がいた。

岡《おか》っ引《ぴ》きである。南品川の常楽院《じょうらくいん》の家の周囲でもよく見かけた。近ごろはほぼ毎日来ているのではないか。名前は知らない。いつも鼻をこする癖のせいか、鼻の先が犬みたいに黒いので、内心「ハナクロ」と呼んでいた。

「おい、岡っ引き」

山内は声をかけた。

「あ、こりゃ、どうも」

「なにをしておる？」

「いえ。関東郡代《ぐんだい》の伊奈《いな》さまのご家来が、天一坊のすることを見てみたいとおっしゃってね」

「天一坊さまは、湯屋に頼まれ、病人の治療に来られておる。いつも人助けだ。お前のような弱い者苛《いじ》めなどしたことがないぞ」

「そういう人聞きの悪いことは言わないでもらいたいですね」

ハナクロは、ムッとした顔で言った。

「いくら見ても、天一坊さまに怪しいふるまいなどないだろうが」

「ところが、嫌な噂が立ってましてね」

「どんな噂だ？」

「ご存じないので？」

「噂など他人がすることで、当事者には伝わらぬものなのだ」

「なるほど。じつは、天一坊は上さまの隠し子ではないかというのですよ」

「上さまの隠し子？　そなた、そういうことを軽々しく申してよいのか？」

山内はさも幕府の役人になったみたいな謹厳《きんげん》な口調で言った。

「え？　あっしが言ったのではなく……」

「たったいま、申したではないかっ！」

「だから、それは巷の噂で……」

ハナクロは、山内の凄《すさ》まじい威圧感にたじたじとなった。

山内伊賀亮は、岡っ引きのハナクロを一睨《ひとにら》みして、湯屋のなかへ入った。できたばかりとあって、床なども真新しく、木の匂《にお》いが清々《すがすが》しい。客はそれほど多くはなく、いかにも役人づらした男が三人、離れたところで天一坊のようすを眺めていた。

天一坊は裸になって、湯上りらしい十歳くらいの少年と話していた。

「どうだ、痛いか？」

少年の腕を撫《な》でながら訊いた。

「痛くはないよ。でも、ちょっと痒《かゆ》い」

少年の両腕の皮膚は、黒ずみ、ごわごわした感じになっていた。張りも、みずみずしさもない。年寄りの足の裏みたいである。

「うん。それは血が通ってきたからだ。こうして毎日湯に入り、身体をきれいにして、ゆっくりやさしくこすってやるんだ。それと、寝る前にドクダミの葉を揉んで、ぴたぴたとつけておくといい」

天一坊は、隣にいた母親の顔を見て言った。

「でも、前に診《み》せた医者は、これは先祖の祟《たた》りだから治らないと言ってました」

「先祖の祟り？」

「じつは、この子の爺《じい》さんはヘビをかば焼にして、うなぎのかば焼と騙《だま》して売り歩いていたんです。だから、そのヘビの祟りなのでは？」

「祟りなんて、すべて嘘っぱちだよ」

天一坊は、やさしい調子で断言した。それは怒って言うより、はるかに説得力があった。

少年の治療を終えたところで、

「天一坊さま。ちと、お話が」

と、山内は声をかけた。

「ちょうど、今日の治療が終わったところだ。いまざっと汗を流して来るよ」

全身汗びっしょりで、何十人もの患者を治療していたのだろう。見張りに来ている連中も、こうした天一坊のおこないに、必ず胸を打たれているはずなのだ。

「では、あるじ。明日、また来させてもらうよ」

天一坊は、湯屋のあるじに挨拶《あいさつ》し、いっしょに来ていた揉み治療の弟子《でし》二人とともに外へ出た。

山内は、歩き出した天一坊に並びかけ、弟子たちには聞こえないように、そっと言った。

「天一坊さま。いよいよ悲願を叶《かな》えるために、動き出すときが来ましたぞ。すでに、江戸の民《たみ》も天一坊さまへの期待で溢《あふ》れ返っております」

四

「動き出すとはなんのことだ？」

天一坊は、興味なさそうに訊いた。

「いま、江戸の巷では、天一坊さまに関する噂が出回っています」

と、山内伊賀亮は言った。

「どんな噂だ？」

「天一坊さまは、上さまの隠し子だと」

「……」

天一坊は困惑したような表情を見せた。

「もちろん、わたしが言いふらした噂ではありませぬ。民のあいだで自然に湧き出た声なのです。湯屋などで、天一坊さまに接した者が、そう思ってしまうのでしょう」

「それは嘘だと言おう」

「誰に言うのです？」

「江戸の民にだ」

「訊かれもしないのに言うのですか？　逆に、その話は真実なのだと思われますぞ」

「うっ」

天一坊も、確かにそうだと思ったらしい。

「しかも、関東郡代や町奉行どもが、その噂を耳にし、まもなく天一坊さまにこの正否を確かめに来るでしょう」

「来たら、それは嘘だと言う」

「いけません」

「なにがいけないのだ？」

「天一坊さまは、そこから新しい道に踏み出すべきなのです」

「新しい道？」

「為政者《いせいしゃ》になるのです。政《まつりごと》をおこなう立場の者になるべきなのです」

「わたしが？　なれるわけがない」

「いいえ。なれないわけがないのです。天一坊さまは、上さまの隠し子であらせられるのですから」

山内がそう言うと、天一坊の歩みが遅くなった。いまは高輪《たかなわ》の高台の道を歩いている。右手の大崎《おおさき》村のほうへ、周りを黄金色《こがねいろ》に染めて陽が沈んでいく。

天一坊は、自分の手を見た。手は夕陽に照らされて、我ながら神々《こうごう》しく思えるほど輝いていた。

「山内。それは確信のない話なのだ。そなたには詳しく説明したではないか。あれは、亡き母が見た夢物語であったかもしれないのだ」

「いいえ。わたしは天一坊さまの話を聞き、確信いたしました。これは真実だと」

山内は、力を込めて言った。

「天一坊さまが為政者になれば、多くの夢が叶いますぞ。いまよりも、はるかに大勢の病人や貧しい者を助けることができるでしょう」

と、山内はさらに言った。

「そうかな」

「政の力は、一人の人間の力とは桁《けた》が違います」

「だが、わたしにそれができるなら、為政者がとっくの昔に大勢の病人や貧しい人を救っているはずだ」

「それを為政者はやらないのです。ほとんどの為政者はただ我が身のため、強欲《ごうよく》な政をおこなっています。民のことなど二の次、三の次です」

「上さまもか？」

天一坊は厳しい目で山内を見た。

「上さまが民のことを思っても、その下にいる幕臣たちが、民よりも自分たちを大事にする政となるよう、上さまを唆《そそのか》しているに違いありません」

「なんと……」

「もしも上さまの傍《かたわ》らに、天一坊さまのような方がいらして、政について進言なさるなら、民はどんなに幸せになれるでしょう」

「民が幸せに……」

「病を治療する医者と湯屋がいっしょになった施設を、この国のあちこちにつくることも可能でしょう。湯の神に祈りを捧げる大社《たいしゃ》を、江戸に建てることだってできます」

「それらはわたしの願いだ。悲願なのだ」

「ならば天一坊さま。踏み出しましょう」

「では、こうしたらどうだ。わたしにはこうした疑念がある、それが本当かどうか、幕府のほうで厳密に調べていただきたいと訴えて出るのだ」

天一坊は真剣な顔で言った。

「それで真実がわかるとお思いですか？　上さまの周囲の者によって、都合の悪い真実はかならず握《にぎ》りつぶされますぞ」

「……」

「天一坊さま。ここからはわたしにおまかせを。善を為《な》すにも、策略は必要なのです」

「……」

天一坊は答えない。だが、その表情で、山内の意見に傾きつつあるのは見て取れた。

南品川の宿坊に着いた。

するとそこに、天一坊を訪ねて来たという男が待っていた。顔は青白く、思い詰めたような表情が特徴的だった。男は名乗った。

「わたしは芝の医者で、村井《むらい》長庵《ちょうあん》と申します」

第八章　龍神《りゅうじん》の棲《す》むところ

一

湯煙り権蔵《ごんぞう》は、吉宗《よしむね》の命《めい》を受けるとすぐ、くノ一のあけびを連れて、紀州《きしゅう》の龍神温泉《りゅうじん》に向かうことにした。

だが、権蔵の供だと聞いて、あけびはもの凄《すご》く嫌な顔をした。

「なんだ、あけび、そんなに嫌か？」

お庭番の頭《かしら》である川村一甚斎《かわむらいちじんさい》は訊《き》いた。

「お言葉ですが、権蔵さんくらいオッサンの欠点をぜんぶ持っている人も、そうはいませんね。助平《すけべい》、しつこい、図々《ずうずう》しい、つまらない冗談を言って自分で笑う、口と首の後ろが臭《くさ》い……」

と、数え上げ、

「若い娘に一人で旅の供をしろというのは、いくらくノ一でも激務に当たります」

一甚斎も、あけびの言うことはわかるというようにうなずき、

「そうか。だが、今度の仕事ばかりは、そなたのような若いくノ一の判断が必要になるのだ」

と、なだめすかす口調で言った。

「……」

「特別に手当てを出しても駄目《だめ》か？」

「どのような？」

「向こう五年間、春夏秋冬の季節ごとに、越後屋《えちごや》で好きな着物を一枚つくってよいというのはどうじゃな？」

一甚斎は、さすがに女心《おんなごころ》を知っている。あけびの心がぐらりと揺れた。

「でも、あのオッサンと、いつ終わるともわからない仕事で……」

もう一声、なにか欲しい。

「では、それに着物をつくるとき、駿河屋《するがや》の煉《ね》りようかんの食べ放題をつけよう」

「わかりました」

あけびは引き受けてしまった。

その日のうちに、二人は江戸を出た。

東海道をまっしぐら。

吉宗の昔の家臣にも訊きたいことがあるので、まずは和歌山城をめざした。

ただ、二人が走るのはもっぱら夜である。昼間走ると、あまりの速さに目立ってしまうのだ。

ふつうの旅人は、江戸から京都までをおよそ十四日で旅する。これを五日で駆け抜けた。京都から和歌山までふつうなら三日はかかる。ここは昼も歩きつづけたので、丸一日で踏破《とうは》。

さすがに和歌山で、三日寝込んだ。

権蔵が吉宗から命じられた仕事については、旅の途中であけびにも伝えられた。

「ふうん。すると、小春《こはる》と千秋《ちあき》のその後について探るわけね」

と、あけびは言った。もちろん、夜の街道を駆けながらである。

「そういうことだ」

「権蔵さんはほんとに知らないの？」

「なんで、そんなことを訊く？」

「だって、若くてきれいな娘たちだったんでしょ。湯煙り権蔵が放っておく？」

あけびは意地悪そうに訊いた。

「あのな、あけび、おれだって手当たり次第《しだい》に娘たちを口説《くど》いているわけじゃないぞ」

「そうかしら」

「ましてや、上《うえ》さまのお手つきの娘たちだ。やたらなことができるか？」

「でも、そのころは将軍になれるなんて、わからなかったでしょうよ。紀州藩の藩主でもなかったんでしょ」

「それはそうだが」

徳川吉宗が紀州藩主となったのは二十二のとき、将軍になったときは三十三であった。

「いまほどの遠慮《えんりょ》はなかったと思うけど？」

「ちっ。嫌なことを言いやがる。だが、じっさいにあのあと二人の行方《ゆくえ》はわからなくなり、おれも追いかけたりはしなかった。なにせ、紀州の山に入られたら、見つけ出すのは大変だからな」

「そうなんだ」

あけびは江戸の紀州藩の下屋敷《しもやしき》で生まれたが、紀州の山のことは知らない。先輩たちから、その広さと深さを聞くばかりだった。

「今度は何としても足取りを探り当てないとな」

権蔵がそう言うと、

「探り当てないほうがよかったりして」

と、あけびは闇のなかで冷笑を浮かべた。

「おい、あけび。どういう意味だ？」

「だって、上さまは初恋だからって、ずいぶん綺麗《きれい》な話にしてしまっているみたいなんだもの」

「初恋は綺麗なものだろうが」

「甘いなあ」

と、あけびはまたも冷笑。

「なにが甘い？」

「オッサンたちは、若い娘の心の奥を、まったくわかってないってことよ」

「おい、あけび。不謹慎《ふきんしん》なことを言うな。上さまの初恋は、この世でもっとも綺麗な恋といってもいいのだぞ」

権蔵は、あけびの言ったことが失言《しつげん》であったかのように、たしなめた。

「あのね、権蔵さん。そんなふうに思っていたら、二人の娘のその後なんて、まったくわからないと思うよ」

「なんだと？」

「その話にはきっと裏がある。上さまが思われているほど綺麗な話じゃないね」

あけびは断言した。

たぶん、頭の一甚斎はもう少し突っ込んだことまで考えている。

だからこそ、当時の娘たちの歳に近いあたしを、特別な手当てをつけてまで、権蔵にくっ付けて寄こしたのだ。越後屋でいちばん上等な着物がいくらするか、一甚斎なら知っているだろう。

しかも、高級なことでも知られる駿河屋の煉りようかん食べ放題付き。

「若い娘はもっと腹黒いというのか？」

権蔵は怯《おび》えたように訊いた。

「オッサンほどじゃないけどね」

あけびは鼻で笑った。

「馬鹿言え。わしらは意外に純情だぞ。ただ、ちょっと助平なだけで」

権蔵は、照れながら言った。

「じゃあ、オッサンほど単純ではないってこと」

「なんてやつだ」

権蔵はムッとして口をつぐんだ。

だが、あけびの言うことにも一理あるのかもしれなかった。

二

和歌山城には、かつて吉宗と遊び回った三人のうちの一人、飯島丹後《いいじまたんご》が、紀州徳川家の家老《かろう》になっている。その飯島に話を訊くことにした。

「上さまの使い？　なんだ、そなたは湯煙り権蔵ではないか」

面会した飯島は懐《なつ》かしそうな、だが権蔵を馬鹿にしたような顔をした。あけびはこの反応で、権蔵はろくでもないやつだが、憎まれるほどではないという人間性がわかる気がした。

「は。じつは、これこれのことで……」

と、権蔵が訪問のわけを説明すると、

「なに、隠し子だと？」

飯島は驚愕《きようがく》した。

「飯島さまは、あのとき上さまが二人の娘に思いをかけるのを、そばでご覧になっていた？」

「ああ。上さまは夢中だったよ。しかも、あの二人がまた、観音《かんのん》さまとか阿弥陀《あみだ》さまのようだったからのう」

飯島はうっとりした顔で言った。

「ですよね。ところが、このくノ一ときたら、娘の心には裏があるようなことを申すのです」

権蔵は振り返って、あけびを指差した。こういう卑怯《ひきよう》な態度も、いかにもオッサンのすることではないか。

「心に裏？」

「まあ、どういうものだったかまではわかりませんが」

と、あけびは答えた。

「ううむ。それは、くノ一として人の裏を探るような仕事をしてきたから、ちとひねくれてしまったのではないのか？」

探索の仕事でさんざん利用しながら、くノ一を馬鹿にしている。くノ一は、いや忍者は、ずうっとこういう扱いをされてきたのだ。

「そうかもしれません」

あけびは、いったん引き下がったが、

――こいつも甘いオッサン。

と、思った。

「飯島さまも、その後の娘たちの足取りはご存じないので？」

「まったく知らない。いま思うと、子ができていたか、確かめておくべきだったかもしれんな」

「だが、あのときは皆、若かったですから」

権蔵はへつらうようなことを言った。

あけびからしたら、なんともお人好《よ》しばかりで呆れてしまう。

「それにしても、なぜ、いまごろ？」

飯島は首をかしげた。

だから、なにか裏があるに決まっているでしょうがと、あけびは言いたかった。

「いや、わたしにもさっぱりわかりませぬ。なのでこれから龍神温泉に向かうことにします」

「うむ。あそこはいい湯だ。上さまも、龍神の湯は懐かしいだろう。江戸がもう少し近ければ、お届けいたすのじゃがのう」

飯島はそれからさらに暢気《のんき》なことを言った。

「龍神の湯は美人の湯でもある。くノ一、たまには心も湯に浸《つ》けてみてはどうじゃ？」

三

権蔵とあけびは、紀ノ川《きのかわ》をさかのぼりながら、紀州の山奥へと分け入って行った。

あけびは、飯島から嫌なことを言われた。お前の心は醜《みにく》くなっているから、美人の湯の龍神温泉に浸かって、心もきれいにしてはどうかと、つまりはそういう意味だろう。

――まったく、あんなのばかりが付いていたから、上さまも禍根《かこん》を残してしまったんだわ。

あけびは内心で毒づいた。

権蔵はさすがに紀州の山をよく知っている。迷うようすもなく、どんどん山道を進んで行く。

途中、高野山《こうやさん》を抜け、さらに上ったり下ったりを繰り返す。さすがに街道を行くような速度では走れない。

二日目の野宿のときである。

焚火《たきび》をつくり、そのそばには寝ないで、焚火を見下ろす木の上に寝床をつくった。もちろん、権蔵とは別の木である。

これで熊《くま》や猪《いのしし》、そしていちばん危ない権蔵も近づいて来ないし、安心して眠れるのだ。

風に揺れる葉の向こうに月を見ながら、目を閉じようとしたあけびは、

――え？

息を詰め、耳を澄ました。

さらに、臭《にお》いを嗅《か》いだ。

――誰かいる。

最初にかすかな足音を聞き、それから男の臭いが風に乗って流れて来た。権蔵の臭いとはまた別の、こっちは若い男の汗の臭い。

——一人ではない。四、五人はいる。

紀州の山だから、当然、多くの修行僧《しゅぎょうそう》や山伏《やまぶし》が入っている。また、山の仕事をする杣《そま》の人たちだっているだろう。

だが、この連中は違う。

こっちを窺《うかが》っている。跡をつけ、こちらのすることを探ろうとしている。

そういう動きだった。

あけびは、熱海《あたみ》の湯で出会った曲者《くせもの》たちを思い出した。あのときと同じやつらか、あるいはあの仲間なのか。

「権蔵さん」

あけびは権蔵を呼んだ。

いちおう念のため、権蔵のいる木とこの木とを、髪の毛でつくった糸でつないでおいた。これで音が伝わるはずだった。

「なんだ、あけび。一人で寝るのが寂しくなったのか？」

権蔵の嬉《うれ》しそうな返事が返ってきた。

「間抜けなこと言ってる場合じゃないよ。気配《けはい》を感じないの？」

「なんの気配だよ」

「四、五人の男が迫って来ている。たぶん敵だと思うけど」

「敵だって？　ほんとだ。お前の木の裏のほうだ。五人だな」

権蔵は夜目《よめ》は利《き》くらしい。あけびよりも先に、敵の所在を見つけた。

なるほど、闇のなかにあいだを三間《げん》（約五メートル）ずつほど空けて、五人の男たちがいた。

山伏姿である。

武器は見る限りでは、長めの金剛杖《こんごうづえ》らしきものだけで、弓矢とか手裏剣《しゅりけん》などは持っていない。

「熱海で会ったやつらかな？」

と、あけびは囁《ささや》いた。

「そうみたいだ」

「お城からつけて来たのかしら？」

「それはないだろう。おれたちが走るのを見かけてつけて来たんじゃないか？」

「そういえば……」

箱根《はこね》の山を越えるとき、気配を感じた覚えがある。権蔵と言い合いをしていたので、すぐに気が逸《そ》れてしまったが。

あれからずっとつけられていたとしたら、迂闊《うかつ》だった。

「ここで戦うのか？」

権蔵が訊いた。

「向こうが襲って来たら、しょうがないでしょ」

「おれは、湯のなか以外は弱いぞ」

「わかってるわよ」

「頼んだぞ」

やっぱり、こんな仕事、引き受けるのではなかった。

焚火の横に、いちおう人のかたちみたいなものをつくっておいた。あれに打ちかかった隙《すき》に、まずは上から手裏剣を放つしかない。

それで、二人は倒せる。あと三人をどうやって倒すか？

胸のうちで戦術を練っていると、突如、

「うわっ」

と、山伏たちから悲鳴が上がった。

何が起きたのか、あけびにもさっぱりわからない。山伏たちは、急にひっくり返ったり、何かに打ちかかっていったかと思うと、背を向けて逃げたりしている。

「なんだ、おい？」

権蔵も呆気《あっけ》に取られている。

「味方が来た？」

もしかしたら、頭の一甚斎がひそかに助《すけ》っ人《と》を手配してくれていたのか。

あけびは期待した。

「違う。ありゃ、熊だな」

権蔵が言った。

「熊？」

あけびは目を凝《こ》らした。

「ほんとだ、熊だ……」

真っ黒い身体《からだ》なのでわかりにくいが、確かに熊だった。それもかなり大きい。牛二頭分はあるのではないか。その巨体が前後左右に向きを変え、足を踏み出している。

「凄いな」

権蔵のつぶやきには、畏怖《いふ》の念が籠《こ》もっていた。

猛烈な勢いで暴れていて、山伏は五人がかりでも岩にかじりついたみたいに歯が立たない。殴りつけた金剛杖は折られ、触れただけでも吹っ飛ばされてしまう。

熊の一撃で、背中を引き裂《さ》かれるのが見えた。布でも破くみたいに、肌が破け、血が噴き出すのもわかった。

「逃げろ、逃げろ」

山伏たちは一目散《いちもくさん》に逃げて行った。

あれはかなりの怪我《けが》を負ったに違いない。とすると、あけびたちへの襲撃も、しばらくはなさそうだった。

「ガオーッ」

熊が逃げて行く山伏たちに向かって咆哮《ほうこう》した。

「おい、助かったな。熊のおかげだ」

権蔵が言った。

「ほんとだね」

熊野《くまの》の神さまが助けに来てくれたのかもしれない。

「お前、お礼しろよ、熊に」

「どうやって?」

「握《にぎ》り飯《めし》、あるだろうが。抛《ほう》ってやれ」

「そうだね」

持っていた握り飯を熊に向かって投げた。

熊の肩に当たったのですぐに気づいたらしく、むさぼり食ったようである。

「ガルル……」

という、さっきよりは穏《おだ》やかな感じの唸《うな》り声がした。まさか熊が礼を言ったとは思えないが、闇が明けていくようにゆっくり遠ざかって行った。

四

熊の騒ぎがあったわりに、あけびは熟睡《じゅくすい》し、朝の光と小鳥のさえずりで目を覚ました。これぞ若さの恩恵だろうと、優越感で権蔵のいる木を見ると、涎《よだれ》を垂らして眠りこけていた。

若さは、オッサンの無神経には勝てないのかもしれない。

「権蔵さん。起きて、出発でしょ」

「お、そうだ」

木から降りて、歩き出した。

崇高《すうこう》なと言いたいくらいの深山《しんざん》の朝である。昨夜の熊も、山の神の使いのように思えてくる。

途中、谷川にぶつかり、顔を洗っただけでなく、魚を獲《と》り、焼いて食べた。

陽が真上に来たころ、

「そろそろ龍神温泉だ」

と、権蔵が言った。

山を下っている。川の音が聞こえてきて、視界が広がると、そこは谷の底で、かなりの急流があった。川沿いに、三つほど湯煙りが上がっている。

「おう、懐かしいなあ」

権蔵はそう言って、かなり立派な建物の玄関口へと回った。

どっしりした二階建ての宿である。

藩主も泊まれるような立派な宿もあると聞いていたが、あけびもこんなに立派だとは思っていなかった。こんな山奥によくもつくったものだと感心したが、材料はいくらでもある。大工や職人が来ればいいだけだったのだろう。

「誰か、おるか？」

奥から年寄りが出て来て、

「ありゃあ、権蔵ではないか」

と、大声を上げた。

「これはこれは、山役人の田辺《たなべ》どのではないか。まだ生きてたのか」

「それはこっちの言うことだ。お前みたいな間抜けな忍者は、とっくに誰かに殺されておると思っていたぞ」

「生憎《あいにく》だったな。かっかっか」

権蔵は嬉しそうに笑った。

役人と忍者では、役人のほうが立場は上なのだが、二人はまるで同僚みたいに話している。

「なんだ、身体がきつくなって湯治《とうじ》にでも来たか。そっちの別嬪《べっぴん》は、若い女房か？　うひっ」

「勘弁《かんべん》してくださいよ」

と、あけびは思わず言った。

「おれも女房にしたいんだが、これがなぜだか嫌がるんでな」

権蔵はぬけぬけと言った。

そういう冗談だけでも、なんか身も心も汚《けが》されるような気がする。オッサンの冗談にはいつも悪意とからかいが混じっている。

「まさか手下《てした》ってことはないよな？」

「うむ。手下ではない」

権蔵がはっきり言わないので、

「いっしょに派遣《はけん》された者です。くノ一のあけびです。身分は権蔵さんとまったく同じです」

と、言ってしまった。

忍者が名乗るなど、本当はあり得ない。

ついでに、忍びの腕はわたしのほうが上ですと言いたかった。

だが、あけびもさすがにそれは自粛《じしゅく》した。

「おお、くノ一か。わざわざ江戸から来たんじゃ疲れただろう。美人の湯だぞ。入れ、入れ」

田辺は、いまにもあけびの着物を脱がしそうな勢いで言った。

「いや、そんなのんびりはしていられない。仕事で来たんだ」

権蔵は余計《よけい》なことを言った。

せっかくだから、一《ひと》っ風呂《ぷろ》くらいはいいではないか。美人の湯に。

「仕事？　なんの仕事だ？」

田辺は不思議そうに訊いた。

ここには仕事なんて野暮《やぼ》なものはないと言いたげである。

「じつは、昔、このあたりにいた小春と千秋のことを調べに来たのさ」

権蔵がそう言うと、

「あ、それか……」

と、田辺は眉《まゆ》を曇らせた。

「どうした？」

「うん、ちょっとな」

「小春と千秋はおぬしも知っていただろう？」

「そりゃあ知ってたさ。二人とも美人だったし。そのあけびさんも美人だが、まあ、あの二人と比べたら、雉《きじ》と猪だわな」

「……」

目の前の娘を猪に喩《たと》えるか？

「もともとの家はこの近くだったよな？」

と、権蔵は訊いた。

「そうだ。二人とも、この日高川《ひだかがわ》をちょっと上ったあたりに住んでいたよ。仲違《なかたが》いするまではな」

「仲違い？　あの二人が？」

権蔵は不思議そうに訊いた。

「そうらしいぞ。なんでも親たちも巻き込んだ喧嘩《けんか》になって、小春一家は東のほうへ、千秋一家は西のほうへ入って行ったんだ」

「それからは、ここへ来ていないのか？」

「少なくとも、わしは会っておらぬ。ただ、そのあと、何度か二人のことを訊《たず》ねてきた者がいた」

田辺は声を低めた。

これがさっき眉を曇らせた理由らしい。

「誰が？」

「それはわからん。だが、そのつど雷が落ちたり人が死んだりした」

「死んだ？　殺されたのか？」

「斬られて死んだ者もいる」

「まさか、小春や千秋がか？」

「わからん。わしも斬られて日にちが経った遺体とか、妙な墓とかしか見ておらぬのでな」

「そのことは、お城に報告したのか？」

権蔵は咎《とが》めるように訊いた。

「役所の上役には言ったさ。だが、それがお城まで届いたかどうかは、わしは知らんよ」

「そうか」

あけびは、わきで聞いていて、報告は届いていないだろうと思った。

報告すれば、なんだかんだと仕事が増える。お城から人もやって来る。人が来れば、それなりの接待はしなければならないし、結果はどうあれ、また報告書を提出しなければならない。

それは、のんびり仕事をしたい連中には、面倒《めんどう》臭いことなのだ。

山でずっと暮らしていたら、熊にも襲われるし、喧嘩沙汰《ざた》もあるだろう。そんなことをいちいちお城に報告していたら、わしらも休む暇はなくなるぞ、と。

役人たちの、どこかほのぼのした暢気な暮らしの陰には、口をふさがれた事件がごろごろ転がっているものなのだ。

かくして、この世は日々平安。

「それはいつごろのことだ？」

と、権蔵は訊いた。

「最初は二人がいなくなって一、二年ほどしたころだな。もう一度は、二、三年前のことだったと思うがな」

「そうか」

権蔵はそう言って、山を見上げた。

山は翳《かげ》りを帯び始めていた。広く深い紀州の山々には、熊もいれば猪もいる。いや、獣《けもの》ばかりか、得体《えたい》の知れぬ何ものかもいそうである。

あけびは背筋が寒くなった。

もしかしたらここは、龍神の棲《す》む村なのかもしれなかった。

第九章　湯から小判が？

一

昨晩、老中《ろうじゅう》の水野《みずの》から、

「明日は富士乃湯《ふじのゆ》に行けそうですぞ」

と伝えられると、吉宗《よしむね》は気が昂《たか》ぶってなかなか眠れなかった。子《ね》の刻（深夜〇時）ごろには、天守台の跡に行って、狼《おおかみ》のように遠吠《とおぼ》えでもしようかと思ったほどだった。

だから、今日はいささか睡眠不足なのだが、それでも機嫌はいい。ふだんは認めそうもない予算の訴えに、つい承認の花押《かおう》を記してしまった。

「上《うえ》さま、よろしいのですか？　無くてもたいして不便のない橋の建設でございますが」

町奉行《まちぶぎょう》の大岡《おおおか》が、驚いて訊《き》いたほどだった。

「まあ、いいだろう。無くてもいいが、架《か》けることで、そのあたりが賑《にぎ》わうことになるかもしれぬ」

「それはそうですが」

大岡は、吉宗のいつにない気前の良さに、首をかしげながら下がって行った。

「上さま。富士乃湯がお楽しみなので？」

控《ひか》えていた安藤《あんどう》が訊いた。

「ああ、楽しみでたまらぬ」

「それほどいいところですか、富士乃湯は？」

「よいのう。面白いし、湯も気持ちがいいし」

「そんなにお気に入りでしたら、予行演習のためにつくった仮設の湯屋《ゆうや》は取り壊さず、手を入れてちゃんと使えるものにいたしましょうか？」

安藤がそう言うと、

「なんなら、大奥《おおおく》の女たちや茶坊主連中も、毎日いっしょに入らせるようにしては、いかがでございますか？」

わきから稲生《いのう》が言った。

「馬鹿なことを申すでない。富士乃湯では、民《たみ》の偽《いつわ》りない息遣《いきづか》いが感じられるからこそ面白いのではないか」

吉宗の言葉に、

「御意《ぎょい》」

安藤と稲生は恥じ入った。

巳《み》の刻（午前十時）近くなり、吉宗たちは気軽な姿で大手門《おおてもん》を出た。むろん気楽なのは吉宗たち一行だけで、ひそかに警護を担当している伊賀者《いがもの》や町奉行所の者たちは、決して気を抜くことはできない。

「今日は暑いのう」

常盤橋《ときわばし》を渡りながら、吉宗は言った。今年の梅雨《つゆ》は短かった。江戸で過ごす分にはいいが、作物にとってはどうなのか。

「いよいよ真夏でございますな」

水野は、ここまで歩いただけで、汗はだらだらと流れ、早くも喉《のど》が渇《かわ》いたらし

く、

「今日は水風呂にしておいてくれるといいですな」

などと言って、吉宗の失笑《しっしょう》を買った。

富士乃湯に着くと、吉宗はすっかり慣れた手つきでのれんを撥《は》ね上げ、なかへ入った。

湯屋のなかはさぞかし暑いだろうと思ってきたが、意外にそうでもない。天《てん》井《じょう》に近い雨戸などがすべて開け放たれているので、風通しがよく、外よりずっと涼《すず》しい。番台《ばんだい》の窓に吊《つ》るされた風鈴《ふうりん》が、お化けの登場の前唄《まえうた》みたいに、やけにかぼそい音色《ねいろ》を奏《かな》でていた。

吉宗はいちばん先に裸になったが、洗い場の前で足を止め、壁の至るところに貼られた引札《ひきふだ》（広告）に見入った。

薬の引札が圧倒的に多い。

「いろんな薬があるものだのう」

と、吉宗は感心している。

「ですが、怪しげなものが多いですから」

と、水野が言った。

「これなどは、昔からある薬ではないのか？」

吉宗が指差したのは、〈長命丸《ちょうめいがん》〉という薬の広告である。やけに目立つ、毒々しいくらいの紅色《べにいろ》で刷られている。

「あ、それでございますが」

水野は肩をすくめた。

「長生きの薬なのであろう？」

「大昔の長命丸はそうだったようですが、いま売られているものは、もっと限定された効き目でございましてな」

「限定された？」

「発売元が書いてございますでしょう」

「うむ。両国《りょうごく》薬研堀《やげんぼり》の〈四つ目屋〉とあるな」

「その四つ目屋というのは、江戸の者なら知らない者はいないというくらい有名な薬屋でして、なかでも人気があるのがその長命丸なのです。長命は、なんと申しましょうか、男なら皆持っている足のあいだのモノが、いざというときに長つづきするという意味の長命でして」

壇ノ浦《だんのうら》のくだりを語る琵琶《びわ》法師みたいな顔で言った。

「なるほど、そういうことか。それで、この薬は飲むのか？」

「いいえ、飲むのではなく、つけるのでございます。塗《ぬ》るのです。じかに」

水野は両方の指を使って、それらしきことをしてみせた。

「そうなのか。それで効くのか？」

吉宗は興味津々《きょうみしんしん》といった顔で訊いた。

「まあ、効いたり、効かなかったり」

水野の表情に、一瞬、老いの哀《かな》しみが走った。

「なるほど。水野はだいぶ試したようじゃな。あっはっは」

「大殿《おおとの》。おからかいを」

水野は照れて、ますます汗だくになった。

吉宗は薬の引札をひと通り眺め、

「ほかに多いのは、このあたりの店の引札のようじゃな」

と、言った。

「そのようでございますな」

いっしょになって引札を見ていた水野、安藤、稲生の三人もうなずいた。

確かに新しく開いたそば屋、うなぎ屋、菓子屋などの引札は目立っている。

「鍼灸《しんきゅう》や揉《も》み治療も多いのは、湯屋だからかな」

「そうでございましょう」

吉宗は熱心に見ていく。

こういうものから、民の暮らしがずいぶんと窺《うかが》えるものだと感心してしまう。

「さて、入るか」

洗い場に足を入れるとすぐ、ざくろ口の向こうから、たっぷり温まったらしく濛々《もうもう》と湯気《ゆげ》を身体《からだ》にまとった女が現われた。

確か桃子姐《ももこねえ》さんといったはずである。

――いい女だ……。

吉宗は内心でそう思ったが、不躾《ぶしつけ》に見つめたりはしない。さりげなく視線を外し、まっすぐざくろ口へと向かった。すると後ろで、

ドスン。

という重みのある音がして、吉宗が振り返ると、案の定《じょう》、水野が桶に足を取られたかして、仰向《あおむ》けにひっくり返っていた。

「水野、そなた、わざとやってないよな？」

吉宗は呆《あき》れて訊いた。湯屋に来るたび、水野は頭から血を流したり、大股開きで倒れたりしているのだ。

「滅相《めっそう》もございません」

「よそ見して歩くからだ」

そう言って、吉宗は桃子姐さんのほうをちらりと見た。桃子姐さんは、なにごともなかったように洗い場の隅で身体を洗い始めている。

「不覚にも美人に見とれてしまいまして」

右の鼻の穴から一筋、血が流れた。

「頭を打っただろう。入らずに休んでおれ」

「申し訳ありませぬ」

水野は板の間にもどって行った。

二

ざくろ口をくぐると、湯舟にはおなじみの顔。

「おう、丈次《じょうじ》と三太《さんた》ではないか」

「あ、青井《あおい》さまじゃないですか。昨夜もここで、お噂をしていたんですよ。青井さまなら、また、この謎《なぞ》を解《と》いてくださるに違《ちげ》ぇねえってね」

丈次が、待ってましたとばかりにそう言った。

吉宗は湯に身を沈めながら、

「なんじゃ。また、おかしなことが起きたのか？」

と、訊いた。

「そうなんです。じつは昨夜、この湯舟のなかから小判が湧《わ》いたんですよ」

丈次が声を落として言った。

「小判が湧いた？　どういうことじゃ？」

「ええ、あっしと三太は、昨夜もここに来てましてね。夏は、朝だけでなく夜も、あんまり汗をかいたときは夕方にも来たりするんです」

「なるほど」

「昨夜はもう終《しま》い湯のときでした。あっしが、さあ出るかと立ち上がったら、硬《かた》いものが足に触りましてね。なにかと思ってつまみあげると、これが小判だったんです」

「ほう」

「それから、あっしはすぐにおやっさんのところに行って、こんなのがあったぜと」

「それは感心だ」

そのまましらばくれて、そっと持ち帰るやつもずいぶんいるだろう。

「おやっさんもおっ魂消《たまげ》ましてね、誰か落として行ったのかと大声を上げそうになったのを、あっしは慌《あわ》てて止めたんです」

「なぜ、止めた？」

「だって青井さま、小判を湯のなかに落として気づかない馬鹿がいますか？　だいたい、持って入るってえのがおかしい話でしょう」

「それはそうだ」

吉宗はうなずいた。

するといっしょに入っていた稲生が、

「その小判はまだあるのか？」

と、わきから訊いた。

「いや、さっき、おやっさんに訊いたら、昨夜のうちに番屋《ばんや》の町役人に届けたと言ってました。ですから、もう奉行所のほうに行っているかもしれませんね」

丈次は答えた。

「ここでは、ときどきそういうことがあるのか？」

今度は安藤が訊いた。

「いやあ、おやっさんも魂消ていたくらいだから初めてでしょう」

丈次がそう言うと、三太は真面目《まじめ》な顔で言った。

「そういうことがときどきあるなら、あっしは朝から晩までここにいますぜ」

「なるほど。奇妙な話じゃのう」

吉宗はそう言って、湯舟のなかで立ち上がり、縁《ふち》に腰をかけた。湯はいつものように熱いので、長く入っているとのぼせてしまう。

じっさい安藤は耐えられなくなったらしく、ざくろ口の外へ出て行ってしまった。

「奇妙でしょう。それで、今日はずっとあれはなんだったのかと考えているんですが、なかなか見当がつかないんでさあ」

丈次がそう言うと、

「わしはほぼ見当がついたがな」

と、稲生が言った。

「ほう。話してみよ、稲生」

吉宗は促《うなが》した。

「湯のなかに金が湧いたという話が噂になれば、客がどっと押し寄せるでしょう。つまり、客欲しさに、ここのあるじが仕組《しく》んだのでは？」

稲生がそう言うと、

「いや、稲生さま。それはあり得ませんよ。湯銭《ゆせん》はたった六文《もん》（約百二十円）ですぜ。それで、噂を流すのに小判なんか使ったら、元を回収するのにどれだけかかります？」

丈次は首を横に振った。

「小判がもどらなかったらな。だが、誰も自分のものだと訴えて出なかったら、ここにもどされるのではないのか？」

稲生は自説にこだわった。

「いや、稲生。もどすかどうかはわからぬぞ。しかも、今回はたまたま丈次が拾ったから、あるじに届けたが、拾った者によっては黙って持ち帰ってしまっただろう。そうなったら、噂も立たず、客が増えることもないのだぞ」

吉宗は稲生に言った。

「確かにそうでございますな」

「それよりも、このあたりで盗人《ぬすっと》かスリが追いかけられていたりはしていなかったかな。持って出たら捕まりそうなので、ここに置いて行ったというのはどうじゃ？」

と、吉宗は推理を進めた。

「青井さま。それはあっしも考えました。それで、知り合いの岡《おか》っ引《ぴ》きに訊いてみたんです。でも、そんな騒ぎはありませんでした」

と、丈次は言った。

「そうか。ふうむ、これは確かに奇妙なできごとじゃのう」

吉宗はいかにも興味津々といった様子で首をかしげた。

三

話が長くなりそうなので、吉宗たちも湯舟から洗い場へと場所を移した。

水に浸《ひた》した手拭《てぬぐ》いで額《ひたい》を拭《ふ》きながら、

「まさか、贋金《にせがね》だったということはないのか？」

と、吉宗は丈次に訊いた。

「贋金……」

「変な感じはしなかったか？」

「いやあ、なにせ小判などはほとんど持ったことがありませんので、あっしなんざ本物も贋物も区別がつきませんや」

「そうか」

じっさい、ふつうに暮らす庶民は、小判などは使わない。せいぜい銀貨までである。

そのとき、こっちの話に耳を澄ましているようすだった桃子姐さんが、

「ちょっといいですか？」

と、声をかけてきた。

身体をよじるようにし、手拭いを使ってうまく乳房などを隠しているが、それでもきれいな身体というのはわかってしまう。

「おう、どうしたい？」

丈次が応じた。

「いまのお話って、もしかして小判が降って来たというお話ですか？」

「降って来た？」

丈次は目を瞠《みは》り、吉宗を見た。

「うむ」

吉宗は先を聞こうというようにうなずいたが、

「こちらは桃子姐さんです。こちらは青井新之助《しんのすけ》さまとご家来衆」

と、丈次は桃子を吉宗に紹介した。

「日本橋で芸者をしています桃子と申します。何度かお目にかかってますよね。謎解きが得意なお殿さまでしょ」

「得意かどうかはわからぬがな」

「今度はぜひ、お座敷に呼んでくださいな」

桃子がそう言うと、

「お座敷？」

吉宗はきょとんとした顔になった。

「あら、お座敷遊びはあまりなさらないので？」

「したことがない」

「まあ。真面目でいらっしゃるのですね」

「うむ。貧乏旗本なのでな。だが、そのうち試みることにしよう」

吉宗がそう言うと、わきで安藤と稲生が、お座敷遊びはちょっと……と、しかめ面《つら》になった。

「それはさておき、先ほど桃子姐さんは、小判が降って来たと申したようだが？」

と、吉宗は肝心《かんじん》の話に戻した。

「ええ。お座敷で聞いたんですよ。この近くの〈福豆屋《ふくまめや》〉の旦那《だんな》がおっしゃっていた話なんですが、なんでも夜、窓の外から小判が飛び込んで来たらしいんです」

と、桃子は言った。

「ほう。窓の外からか」

「旦那は気味が悪いというので、直接、北町《きたまち》奉行所に持って行ったとおっしゃってましたが」

「なるほど」

吉宗はうなずいた。

「ここにも降ったんですか？」

「いや、ここは湯から湧いたらしい」

「まあ」

「だが、この湯も上に小窓はあったな?」

吉宗は丈次に訊いた。

「あります。たぶん、そこから投げ込んだんですね」

「だろうな」

これで、小判がどこから来たかは想像がついた。

だが、何のためにそんなことをしたのかはわからない。

「福豆屋というのは豆屋なのか?」

吉宗は丈次に訊いた。

「豆屋というより菓子屋です。お多福豆《たふくまめ》という豆菓子が人気があって、日本橋じゃ知らない者はいないくらいです」

「この近所に?」

「この通り沿いの、すぐそこですよ」

丈次は、常盤橋があるほうを指差した。

「そんな店があったかな?」

吉宗は、安藤や稲生を見た。すでに三度、そこを通ってこの湯屋にやって来たが、菓子屋があったような覚えはない。

「小さい店ですので、見過ごしてしまったんだと思いますよ。間口《まぐち》も一間《けん》（約一・八メートル）くらいしかありませんから」

「人気があるのに、そんなに小さな間口なのか？」

「そうなんです。あれだけ人気があれば、もっと商売を大きくできると思うのですが、そうすると、出来の悪い豆でつくらなければならなかったり、つくりが粗《あら》くなったりする。ほんとにうまい豆菓子を売るためには、店は大きくしたくないって言うんですよ」

丈次がそう言うと、

「まあ、頑固《がんこ》おやじの堅物《かたぶつ》あるじ。あっしなんざ、子どものころから怒られてましたよ」

と、三太が顔をしかめながら笑った。

「なるほど。そこらあたりに、この謎を解くカギがありそうじゃのう」

と、吉宗は言った。

「え？　福豆屋のおやじが、頑固で堅物だってことがですか？」

丈次は驚いて訊いた。

「そのおやじの気質はよく知られているのであろう？」

「そりゃあ、もう」

「この富士乃湯のおやじも、真面目な男だというのは、町内の者だったらよく知っているはずだ」

「でしょうね」

「小判はたまたま丈次が拾ったが、おそらくおやじが拾うだろうと思って、夜遅くに投げ入れたのではないかな」

「必ず、番屋か奉行所に届けられると？」

「そういうことだ」

と、吉宗は大きくうなずいた。

「青井さま。わかったので？　やったやつも、その意図《いと》したところも？」

「そんなにすぐには無理だ」

と吉宗は苦笑し、

「ちと猶予《ゆうよ》をもらいたいな。次に来るときまでには、解決しているかもしれぬ」

「そりゃあ、もちろん。あっしも、どんな真相が浮かび上がるのか、楽しみですよ」

丈次がそう言うと、三太や桃子姐さんもうなずいた。とくに、桃子姐さんの、吉宗を見る目がなんとなくうっとりとしてはいないか？

そのうち、昼近くなって客がまた多くなってきたので、吉宗たちは富士乃湯を出ることにした。

帰り道、吉宗は福豆屋を確かめた。

本当に小さな間口である。だが、客が三人ほど並んでいる。

わきに細い路地《ろじ》があり、そこから見ると、店の横の上のほうに小窓があるのも見えた。

「あそこから投げ込んだのだろう」

「そのようですな」

と、安藤がうなずいた。

「お多福豆はうまそうだ。水野。豆は足腰にもいいというぞ。帰って、皆で食おう。買って参れ」

今日も転んだ水野を元気づけようという気持ちもあったらしい。多めにお多福豆を買って、吉宗はいい心持ちで城へと戻った。

「わかりました」

四

城に戻る前に、吉宗は北町奉行所に立ち寄って、奉行の諏訪美濃守《すわみののかみ》に城へ来るようにと伝えた。その際、届けられている二枚の小判を持参するようにとも付け加えている。

吉宗が城にもどるとまもなく、諏訪は恐縮《きようしゆく》したような顔でやって来て、

「上さま。小判が届けられていることをどうしてご存じなので?」

と、訊いた。

「なあに、ちと報告があったのでな」

吉宗はしらばくれた。湯屋に行って聞いた話で、町方《まちかた》の仕事に口出しをすると思われたら、町奉行も鬱陶《うつとう》しいだろうと思ったのだ。

「小判はこれでございます」

「うむ」

「世に言うところの享保《きようほう》小判にございます」

「そうだな」

小判は、発行される時代によって、少しずつ大きさやかたちが違っている。享保小判は、前後の正徳《しようとく》小判や元文《げんぶん》小判と比べると、少し大きく、太めの感じがする。

吉宗は手に取り、じっくり眺め始めたが、

「二つとも験極印《しるしごくいん》がないな」

と、言った。

小判には、さまざまな刻印が押されている。

まず表の面だが、上と下に幕府の印でもある五三桐《ごさんのきり》の紋《もん》がある。

小判の額面は言うまでもなく一両だが、それが壱兩という難しい字を崩して刻印されている。

額面の下には、「光次」という文字。これは、製造者である後藤庄三郎光次《ごとうしようざぶろうみつつぐ》の製造印になる。

裏面には、中央に後藤庄三郎光次の花押が刻まれている。

そのわきには、時代を示す一文字。

そして、下のほうに、小さな印が二つ。これが験極印。小判製造の最後の検査時に押されるもので、製造者と製造所がわかるようになっている。

ただ、小さい印だし、使っているうちに凹《くぼ》んだりしてわかりにくくなったりもするため、なくても気づかれないことがある。

だが、吉宗は気づいたのだ。

「あ、確かに」

諏訪はいままで気づかなかったらしい。

「これは、金座《きんざ》の最後の検査をすり抜けたのだ」

吉宗がそう言うと、控えていた稲生正武《まさたけ》が、

「上さま。金座と申しましたら、常盤橋を渡ってすぐのところ。富士乃湯からも近いですぞ」

と、驚いて言った。

「そうなのだ。わしは、おそらく金座がらみだろうと見当はついていた」

　と、吉宗は言った。

「なるほど。さすがは上さま」

　ほめ殺しの水野が、後頭部の痛いのも忘れ、手を叩いてほめた。

「ということは？」

　おとぼけ安藤は、さりげなく訊いた。

　吉宗は買ってきた豆をぽりぽり音を立てて食べ始めていて、

「これはうまいのう」

「南京豆《なんきんまめ》を小麦粉で包んだものに甘辛《あまから》く味をつけたそうにございます」

　買うときに説明を聞いたらしく、水野が言った。

　南京豆は古くに琉球《りゅうきゅう》には伝わっていたが、日本本土には宝永《ほうえい》年間に伝わり、後に関東周辺などで栽培されるようになった。

　あとを引いて止められなくなるうまさである。

　吉宗だけでなく、水野、安藤、稲生に諏訪も加わって、競うように食べつづけ、最後の一粒を吉宗が食べてから、

「金座に不正があるのだ」

と、言った。

「不正が？」

ケチの稲生が、それは許し難いというふうに眉を吊り上げた。

「誰か、でき上がった小判を着服し、持ち出しているのだ。おそらくはその下役（したやく）の者が、身の危険があるため言うに言えず、同じように持ち出した小判を、近所の正直者を狙って撒《ま》いたのだろう。そうすれば、験極印のないことに気づき、不正がおこなわれていることが発覚するだろうとな」

「すぐに調べさせます」

北町奉行の諏訪が先に飛び出し、水野たちもあとにつづいた。

その日のうちに――。

金座の不正が明らかになった。吉宗が推察した通り、金座役人の一人が最後の検査前の小判を着服していた。

「上さま。次に富士乃湯に行くときが楽しみでございますな。あの丈次もさぞかし喜ぶと存じます」

安藤がそう言うと、

「いや。それだと自慢げになって嫌味《いやみ》ではないか。安藤、そなた、夜にでも富士乃湯に行き、解決したと伝えてやるがいい」

吉宗は、はにかんでそう言ったのだった。

第十章　二代目村井長庵《むらいちょうあん》

一

「村井長庵《むらいちょうあん》だと？」

その名を聞いたとき、大岡越前《おおおかえちぜん》の背筋に冷たいものが走った。

「そんな馬鹿な」

と、大岡はその男について報告してきた与力《よりき》の佐々木軍兵衛《ささきぐんべえ》を叱《しか》るように言った。

「はい。村井長庵は……」

「十数年前にわしが獄門《ごくもん》にした男だぞ。あれは、確かわしが南町奉行《みなみまちぶぎょう》に就任したばかりのころだったはずだ」

「そうでございましたな」

「幽霊だとでも言うのか？」

そうかもしれないと答えが返ってきたら、どうしようと、大岡は返事に怯《おび》えた。

「それはないでしょう」

「二代目か？」

「やはり医者だそうですから、二代目ということになるのかもしれません」

「医者が村井長庵などと名乗って、流行《はや》るわけがあるまい」

「ですが、そこそこ贅沢《ぜいたく》な暮らしを送っているようなのです」

「なんということだ」

大岡は啞然《あぜん》とするばかりだった。

大岡が思い出したように、かつて麴町《こうじまち》三丁目で医者をしていた村井長庵は、享保《きょうほう》二年（一七一七）に市中引き回しの上、獄門に処せられている。

「もしかしたら、わしが最初に獄門に処した罪人だったかもしれぬ……」

大岡は、傍目《はため》にわからぬよう気をつけているが、自分の裁《さば》きにぜったいの自信があるわけではない。とくに、獄門を言い渡すときなど、本当にこれで正しかったのかと、ひそかに不安に苛《さいな》まれることなどはしょっちゅうである。

「これはこの世の裁き。あとは、あの世でもう一度、神仏の裁きを受けてくれ」

と、手を合わせたことも何度あったか。たぶん三人に一人くらいは、神仏から無罪を言い渡されているのではないか。

ただ、村井長庵に関して言えば、あれを獄門にせずして、誰を獄門にするのだと思うくらいの悪党だった。あの裁きだけは、ぜったいの自信があった。

自らのだらしなさを補うため、弟やその妻を殺し、姪《めい》っ子たちを吉原《よしわら》に売り、金を搾《しぼ》り取り、平然と嘘を重ねた。罪が明らかにされそうになったときの、ぬけぬけと言い逃れようとした態度と、ナマズに油を塗ったような顔は、いまでも忘れられない。

「あんなひどい男の名をなぜ名乗る?」

大岡は不思議でたまらず、

「いったい、どういうつもりなのか。その二代目村井長庵を探れ」

与力の佐々木軍兵衛に命じた。

佐々木軍兵衛は、さっそく配下の同心《どうしん》や巷《ちまた》の岡《おか》っ引《ぴ》きなどを使って、村井長庵を探り始めた。

二代目は、さすがに麴町ではなく、芝《しば》の金杉橋《かなすぎばし》の近くに住んでいるらしい。あのあたりを縄張りにする〈干物《ひもの》の辰吉《たつきち》〉と呼ばれる岡っ引きが、本人を子どものころからよく知っているというので、佐々木は配下の者を連れて、自ら芝に足を運び訊《たず》ねてみた。

「二代目村井長庵を名乗っているのは、元は善太《ぜんた》と言いまして、あっしの幼なじみでもあります」

と、辰吉は言った。

「どのような男だった？」

「それが、子どものころからいいやつでして、あっしはいままで、ただの一度も、あいつが悪いことをするところなど見たことがありません」

「なんと……」

「たしか、十二、三のころ、小川町《おがわまち》の武田《たけだ》長生院《ちょうせいいん》という医者の下働きに入りました。この長生院先生は、先代の村井長庵が下男《げなん》として働いたところですよ。先代長庵はここで働くうち、医術を学び、医者を始めたのです」

「そうなのか」

江戸時代、医者に免許はない。なろうと思えば誰でもなれたのである。

「善太はそこで働くうち、先代長庵と知り合い、そっちで医術の勉強をさせてもらったそうです。あっしは善太から直接聞きましたが、先代長庵は、医者としては決して腕は悪くなかったそうです」

「だが、流行らなかったのだろう？」

「ええ。流行らなかったのは、愛想《あいそ》が悪かったからだと。この薬が効くか効かないか、病《やまい》が治るか治らないかはわからないという態度で接するので、患者が寄りつかなくなった。でも、善太が言うには、薬も医術もそれが本当のところなんだそうです」

「そうかもしれぬな」

「先代長庵が、弟やその妻たちを手にかけたことについては、自分は何も知らない。やったのかもしれないが、医術に関しては自分はまぎれもなく先代長庵の弟《で》子《し》。だから、二代目を名乗っているのだと、そんなふうに言ってました」

「二代目を名乗り始めたのはいつごろだ？」

佐々木軍兵衛は、岡っ引きの辰吉に訊いた。

「そんなに前ではありません。二年ほど前ですかね」

「二代目はいくつになる？」

「あっしより一つ下なので三十ですね」

「その前も医者をしてたのか？」

「はい。村井長庵があんなことになってますので、弟子だというのは隠してやっていたのですが、まったく流行ってなかったです」

「腕は？」

「いいですよ。通りすがりに急病人などを見かけますと、必ず手当てをしてやり、命を救ったことも何度もあるはずですよ」

「それで、二代目を名乗るようになったら流行り始めたというのか？」

「そうみたいです。家で患者を診《み》るより、往診に出ているほうが多いみたいですが」

「奇妙な話だな」

佐々木は首をかしげた。

「あっしも不思議です。でも、善太が悪事をしているなんて、まずあり得ませんよ」

辰吉は、訴えるような目で言った。

「では、当人を見てみようではないか」

いままでは、金杉橋のたもとにある番屋《ばんや》に入って話を聞いていたのだ。

「はい。あいつの住まいはそっちです」

辰吉に案内され、佐々木軍兵衛や同心たちは芝金杉の裏通りへと入った。

「そこです」

辰吉が指差したのは、通りに面した小さいが、庭もあるらしい一軒家である。

看板も出ていて、

「医師村井長庵　金創《きんそう》も治療致します」

と、書いてある。

堂々と名乗っているのだ。

「以前はあっしが住む、向こうの長屋にいたんですが、半年ほど前からこっちに出て来まして」

「なるほど」

儲《もう》からなかったら、長屋から一軒家に引っ越すことはできない。

裏に回って、なかのようすを窺《うかが》おうとしたとき、玄関の戸がガタガタッと音がして、開いた。

「あ、出て来ます」

辰吉が逃げながら言った。

探りに来た相手の二代目村井長庵が、いきなり外に出て来たものだから、皆、慌《あわ》てて、素知《そし》らぬ顔で散らばった。

だが、人もまばらな裏通りで、そうそううまく隠れられるわけがない。

佐々木軍兵衛などは動作があまり機敏《きびん》ではないらしく、ほとんど後ろを向いて空を見上げるふりをしただけだった。空は真っ青に晴れ渡っていて、見るべきものは雲のひとひらとてない。あまりにもなにもないので、空の青さのなかに落ちてしまうのではないかと錯覚《さっかく》したほどである。

同心と二人の中間《ちゅうげん》は、すたすたと歩み去ろうとしたが、与力の佐々木が逃げ切れなかったのがわかって立ち止まり、そっと振り向いたりしている。

「おや？」

外に出て来た二代目長庵は、周囲を見て首をかしげた。奉行所の人間というのは、だいたい雰囲気でわかるのである。しかも、町回りの同心などは、黒羽織《くろばおり》に着流しに雪駄《せった》というおなじみの恰好《かっこう》をしていたりする。

辰吉だけは、素早く向かいの下駄屋《げたや》の軒先に入っていたのだが、二代目と目が合ってしまった。

「おう、辰吉じゃないか」

「よう、善太……」

辰吉も声をかけられたら応じるしかない。

二代目長庵は屈託《くったく》ないようすで近づいて、

「なんだい、捕物《とりもの》かい？」

と、興味もあらわに訊《き》いた。

「え？　いや、まあ、そんなところだ」

「盗人《ぬすっと》でも出たのかい？」

「そうじゃないんだが……」

「こんな貧乏人ばかりの町だもの、盗人なんか来やしないだろう」

「まあな」

「じゃあ、頑張ってくれ」

二代目長庵は辰吉の肩を軽く叩くと、金杉橋のほうへ歩み去った。

医者らしく坊主頭にして、作務衣《さむえ》のようなものを着て、大きめの薬箱を自分で背負っている。薬箱には大きくはないが、「医師村井長庵」と名も入っていた。

下男や弟子はいないらしい。

後ろ姿が遠ざかるのを待って、佐々木軍兵衛たちはもう一度、集まった。

「あれが二代目村井長庵か……」

佐々木軍兵衛がつぶやいた。

「悪党に見えますか？」

辰吉の問いに、皆、首を横に振った。

二

二代目村井長庵は、家を出ると芝の増上寺《ぞうじょうじ》のほうへ歩いて行った。

途中、ちらりと振り返ると、辰吉は奉行所の役人たちと一塊《ひとかたまり》になって、こっちを見ているのがわかった。

——もしかして、おれのことを探りに来た？

いま、やっと気がついた。

——そうか、そうだったのか。

だから辰吉は、あんなうろたえた、ばつが悪そうな顔をしていたのだ。

だが、おれを見張っても、捕まえることはできないはずである。

なぜなら、おれはまだ、ほんとの悪人にはなっていない。悪の仮面をかぶったばかりなのだから。

たぶん幼なじみの辰吉も知っているように、おれは生まれてこの方、悪いことにはいっさい手を染めて来なかった。

ひたすら真面目《まじめ》に、真《ま》っ正直《しょうじき》に、学び、働きつづけてきた。

おれだけではない。おっかさんは早くに亡くなったが、おとっつぁんも、三つ歳上の兄貴も、同じだった。

ここらあたりは海に面した漁師町で、辰吉の家と同様に、おれの家族も漁師だった。江戸前の海で獲《と》った魚を、干物にして、山の手のお屋敷町のほうへ売りに行ったりした。

だが、休みもなく真面目に働きつづけても、食うのが精一杯である。おとっつぁんが身体《からだ》を壊《こわ》し、舟に乗れないようになるとなおさらだった。

そこでおれは、丁稚《でっち》の口を探したが、真っ黒に日焼けした丁稚は使えないと断わられ、どうにか小川町で医者をしていた武田長生院のところに、下働きとして入り込んだ。

ここでも一所懸命働いた。先生のお供で薬箱を担《かつ》いで歩き回り、戻れば大量に干した薬草を刻《きざ》み、夜中に往診の依頼が来れば、先生より先に患者の家に行って、湯を沸かしたり、患者が吐いた血を拭《ふ》いてやったりもした。

多忙な暮らしのなかで、薬草の知識もぼちぼち身についてはきたが、唐土《もろこし》の医学書などは見せてもらえない。やはり、ちゃんとした医術を身につけようとしたら、書物を読まなければ駄目《だめ》なのはわかっていた。

村井長庵に会ったのは、そんなときだった。

長庵は、なにか師匠の武田長生院に用事があって来たらしかった。初めてではなかった。その前にも一度、見たことがあった。

長庵は、おれが薬草を干したりしているのを見かけて、

「おい、小僧」

と、話しかけてきた。ぶっきらぼうだが、どこかに親身な感じはあった。

「はい？」

「小僧の仕事なんざいくら一所懸命やったって、医者にはなれねえぜ」

「え？」

「医者になりてえんだろ？」

「……」

じつは、そう思い始めていた。医術を学び、医者として独立できれば、長い貧乏暮らしから抜け出せるのではないか。しかも、病で苦しむ人を助けることがで

きるのである。

だが、そんなことは手習いにも行っていない小僧の分際《ぶんざい》で言えることではない。

「おれのところに来れば教えてやるぜ」

「教えていただける？」

「ああ、薬の種類や調合《ちょうごう》の仕方なんかをな。おれのところには、唐土の医学書もある。ここで長生院先生の目を盗んで、少しずつ書き写したものだが、五十種類くらいの薬のことはぜんぶわかる」

「五十種類も……」

薬草を刻んだり、骨のようなものを削ったりという作業は手伝わされるが、調合はいっさい長生院先生がおこなう。だから、いくらやっても、薬のことはさっぱりわからず仕舞《じまい》いなのだ。

五十種類の薬。その効き目と調合法がわかれば、ほとんどの病に対応できるのではないか。つまり、医者として独立できるのである。

「ぜひ、お願いします」

「ああ。長生院先生には、おれから頼んでやる」

こうしておれは、武田長生院のもとから麴町三丁目の村井長庵のところに移った。

――なぜ、おれを？

いま、考えると、それは不思議である。おそらく村井長庵は、おれに自分が若いときのことを重ね合わせたのではないか？

おれを救うことは、自分を救うことになったのではないか？

だから、おれは村井長庵に対し、身の危険を感じたことなどは一度もない。

三

村井長庵は、患者を診る目も鋭かった。

「あれは保《も》ってもあと三カ月だ」

とか、

「あんなのは放っておいても治るから、お茶の出し殻《がら》でも煎《せん》じて飲ませればいいい」

などといったつぶやきが的中するのは、まったく珍しくなかった。

そのくせ長庵は患者に愛想はいっさい言わなかった。駄目だと思えば、

「あたしには治せないね。ほかへ行ってくれ」

と、冷たく追い返した。

患者は見捨てられた悔《くや》しさ、哀《かな》しさで、

「あれは、ひどいヤブだ」

と、言いふらした。

だが、それこそが、長庵が極悪非道《ごくあくひどう》とまではいえなかった証拠ではないか。なぜなら、患者に適当なお愛想を言い、助からないとわかっていながら、せっせと薬を渡し、死ぬまで治療費を搾り取る――そっちのほうが、医者としてよほど極悪非道のような気がする。

そして、いまから十一年前――。

大岡越前が南町奉行に就任すると、旧悪が次々に炙《あぶ》り出されて、長庵は刑場の露《つゆ》と消えることになった。村井長庵の名は、ヤブ医者の大悪人として、江戸では

知らない者がいないほどになった。

そのころまでに、おれは五十種類の薬については完全に頭に入っていたし、長庵の診立《みた》てをわきで見ていて、患者の症状もわかるようになっていた。

だが、医者として独立するにはあまりにも見かけが若過ぎたので、ほかの医者の手伝いをしながら、数年を過ごした。もちろん、村井長庵の名前は出さなかった。

二十三になり、生まれ育った芝にもどり、医者を開業した。

だが、貧しい人間が多いところで医者をやっても、まったく儲からないのだ。

そもそも栄養とか環境が悪いために罹患《りかん》する病が多い。治すには、薬よりちゃんと滋養《じよう》のあるものを食べて静養《せいよう》するほうがいいのだが、それができない。

そのことを言えば、

「治せもしないくせに、おれの病を貧乏のせいにしやがる。あれはヤブだ」

ということになる。

まるで貧乏になるために医者になったようで、おれはますます困窮《こんきゅう》した。

医者のくせにかつかつの暮らしをしているおれを、幼なじみで岡っ引きの辰吉も心配してくれて、わざわざ怪我人《けがにん》を連れて来てくれたりもした。

「まったく、医者ってのは儲かるものだと思ってたがね」

辰吉がそう言うので、

「真面目に治療をつづければ、そのうちおれの名前も知られるようになり、金だって自然に入るようになるさ」

と、言い訳した。

だが、評判はちっとも上がらない。

二年前、おれは道端《みちばた》でこんな場面を目撃した。

やくざ者らしい男が、どうも親分の病の治りが悪いらしく医者を責めていた。

「高い薬を使ってるけど、効いてるのかよ」

「そのはずですが」

「親分は昔、あの村井長庵に薬をもらっていたそうだが、あいつの薬のほうがよっぽど効いたと言ってたぜ」

「む、村井長庵に……」

医者は、よりによってとんでもない名前を持ち出されたという顔になった。

「おめえのほうがヤブなんじゃねえか？」

「わかりました。この薬のお代はけっこうです。それでは違う薬を試してみましょう」

ということで、その話は収まったらしかった。

だが、おれはこのやりとりから気づいたことがあった。村井長庵という名前は、使い方によっては役に立つのではないか——そんな考えが閃《ひらめ》いたのである。

——二代目村井長庵を名乗ってみようか……。

どうせ、このまま善意の医者をつづけても、廃業せざるを得なくなりそうだった。それならと、一《いち》か八《ばち》かの賭《か》けに出たのだ。

四

結果は思いがけないかたちで現われてきた。

風邪《かぜ》が流行り出したので、患者の処方用に風邪薬を仕入れておこうと、増上寺近くの薬屋に行ったところ、番頭《ばんとう》が寄って来て、

「あんた、二代目の村井長庵だろ?」

「そうだけど?」

「うちから薬を買わないでもらいたい。評判が悪くなるんでね」

「そうはいくか」

「ま、これで、なんとか」

番頭はそっと二分銀（約四万円）を握《にぎ》らせてきたのだった。

村井長庵がここで薬を仕入れているなどという噂が立ったら、薬の売れ行きは激減してしまう。それなら、ちょっと握らせても、来ないようにしたほうが得をすると番頭は思ったらしかった。

――へえ。これは驚いたなあ。

ほかの店に行っても同様なのである。大きな薬屋であるほど、握らせてくれる額も多くなった。では薬の仕入れが不便になるかというと、そのときは間口《まぐち》の小さな店に行き、医者と名乗らずに買えば済むことだった。

さらに、とんでもないことが起きた。

浜松町《はままつちょう》の大きな瀬戸物屋《せとものや》である〈有田屋《ありたや》〉の女将《おかみ》がやって来て、

「うちの亭主の病を診てもらいたいんです」

と言うのである。

その亭主というのは、女将とは四十も歳が違っていた。

「おわかりですよね？」

女将は、さりげなくつぶやいた。

「ああ」

おれは察しがついた。

つまり、治さなくていいというのだろう。なんなら毒でも盛ってくれてかまわないと。

おれはこの依頼を引き受けた。

患者は胃の腑《ふ》に硬い腫瘍《しゆよう》があり、誰が治療しても治すのは難しい状態だった。

もちろん毒など盛ったりはしない。よく眠れる薬を処方し、せめていい夢でも見られるようにしてやった。治療代は、一度の診療につき二両（約十六万円）という信じられない額だった。

しかも、似たような依頼が次々にやってきた。世の中には、治って欲しくない病人がこんなにもいるのかと、驚いたほどだった。

これまで少しでも世のためになろう、善《よ》いことをしようと頑張ってきたのに、ずうっと貧乏暮らしがつづいた。

ところが、悪の仮面をかぶってみたら、急に金の入《い》りがよくなったのである。

こんな皮肉なことがあるだろうか。

そこでおれは思い至った。

――もしかしたら、世の中は悪というものを必要としているのではないか。男と女がいて、子どもが生まれるように、世の中は善と悪があるから成り立つのではないか。

目から鱗《うろこ》が落ちたような気がした。

そう考えたら、いろいろ腑に落ちるのだ。

善人ばかりで暮らしを営んでいけたら、それはいいかもしれない。だが、それだったら、生まれつき恵まれたやつはずうっといい暮らしをつづけることができ、条件の悪いやつはずうっと下の暮らしをつづけることになる。

たまには、世の中はひっくり返さないといけないのではないか。それをやれるのは悪の力だろう。

あるいは善人だけの国があれば、民《たみ》は幸せかもしれない。だが、ほかの国も善人ばかりとは限らないのだ。

もし、そのほかの国が攻め込んで来たりしたら、戦うのが嫌いな善人ばかりの国は、たちまち侵略《しんりゃく》され、滅んでしまうだろう。

しかし、その国に戦うことが得意な、相手を傷つけることも厭《いと》わない悪党たちがある程度いれば、ほかの国だって容易に攻め込んで来たりはしないだろう。

つまり、悪というのは必要なのだ。

そう思い始めたとき、おれは気になる話を聞いた。どうも近ごろ、巷《ちまた》の湯屋《ゆうや》に、「将軍の隠し子」という男が現われたというのだ。

その男の名は、天一坊《てんいちぼう》。

山伏《やまぶし》と称し、湯の神を信心し、しかもその力を使って病の治療までおこなっているという。

——悪の臭《にお》いがする……。

おれは、天一坊とやらを探し歩き、ようやく麻布《あざぶ》の湯屋で見つけることができた。

だが、天一坊は不思議だった。

期待した悪の臭いはしなかった。それどころか善の匂いが芬々《ふんぷん》と漂っていた。気品《きひん》があり、英明《えいめい》そうでもあった。

がっかりしかけたとき、天一坊に寄り添う男に気づいた。家来を自称しているらしい。名を山内伊賀亮《やまのうちいがのすけ》。武士であった。この山内が、途方もない悪の気配《けはい》を漂《ただよ》わせていた。

善の権化《ごんげ》のような人が、悪の権化みたいな男を家来にしている……。

——いったい、なにをしようとしているのか。

しかも、天一坊の存在には幕府も目をつけていて、まもなく呼び出しもあるのではないかと囁《ささや》かれている。

おれは興味を持ち、天一坊のあとをつけ、滞在場所も突き止めた。

——おれが関われることもありそうだ……。

こうしておれは、薬箱などを抱え、天一坊が住処《すみか》にしている南品川《みなみしながわ》の宿坊を訪ねたのだった。

「村井長庵？　あの村井長庵か？」

山内伊賀亮が目を丸くして訊いた。

おれは静かな調子で言った。

「いや、わたしは弟子で二代目の村井長庵です。もしかしたら、なにかお役に立てるのではないかと思った次第《しだい》でして」

（つづく）

初出

本書は、二〇一九年二月から二〇二〇年十一月にわたって『河北新報』『新潟日報』『中国新聞』『福島民友新聞』『大分合同新聞』など各紙に順次掲載された作品を加筆修正したものです。

この物語はフィクションです。

著者紹介

風野真知雄（かぜの　まちお）

1951年、福島県生まれ。立教大学法学部卒業。93年、「黒牛と妖怪」で第17回歴史文学賞を受賞し、デビュー。2002年、第１回北東文芸賞、15年、「耳袋秘帖」シリーズで第４回歴史時代作家クラブ賞・シリーズ賞、『沙羅沙羅越え』で第21回中山義秀文学賞を受賞。著書に、「いい湯じゃのう」「わるじい慈剣帖」「新・大江戸定年組」「味見方同心」シリーズ、『恋の川、春の町』など。

ＰＨＰ文芸文庫　いい湯じゃのう（二）
将軍入湯

2022年３月18日　第１版第１刷

著　者　風野真知雄
発行者　永田貴之
発行所　株式会社ＰＨＰ研究所
東京本部　〒135-8137 江東区豊洲5-6-52
第三制作部　☎03-3520-9620（編集）
普及部　☎03-3520-9630（販売）
京都本部　〒601-8411 京都市南区西九条北ノ内町11
PHP INTERFACE　https://www.php.co.jp/
組　版　朝日メディアインターナショナル株式会社
印刷所　大日本印刷株式会社
製本所　株式会社大進堂

ISBN978-4-569-90199-2

PHP文芸文庫

いい湯じゃのう(一)

お庭番とくノ一

風野真知雄 著

徳川吉宗の肩凝りで江戸が危機に⁉ そこに江戸を揺るがす、ご落胤騒動が……。お庭番やくノ一も入り乱れる、笑いとスリルの新シリーズ開幕!

PHP文芸文庫

鯖《さば》猫《ねこ》長屋ふしぎ草紙（一）〜（九）

田牧大和 著

事件を解決するのは、鯖猫!? わけありな人たちがいっぱいの「鯖猫長屋」で、不可思議な出来事が……。大江戸謎解き人情ばなし。

PHP文芸文庫

おいち不思議がたり

あさのあつこ 著

舞台は江戸。この世に思いを残して死んだ人の姿が見える「不思議な能力」を持つ少女おいちの、悩みと成長を描いたエンターテイメント。

PHP文芸文庫

桜ほうさら(上・下)

宮部みゆき 著

父の汚名を晴らすため江戸に住む笙之介の前に、桜の精のような少女が現れ……。人生のせつなさ、長屋の人々の温かさが心に沁みる物語。

PHP文芸文庫

〈完本〉初ものがたり

宮部みゆき 著

岡っ引き・茂七親分が、季節を彩る「初もの」が絡んだ難事件に挑む江戸人情捕物話。文庫未収録の三篇にイラスト多数を添えた完全版。

PHP文芸文庫

睦《む》月《つき》童《わらし》

西條奈加 著

「人の罪を映す」目を持った少女と、失敗続きの商家の跡取り息子が、江戸で起こる事件を解決していくが……。感動の時代ファンタジー。

PHP文芸文庫

戦国の女たち

司馬遼太郎・傑作短篇選

司馬遼太郎 著

北政所や細川ガラシャら歴史に名を残した女性から歴史に埋もれた女性まで……司馬遼太郎は戦国の女たちをどう描いたか。珠玉の短篇小説集。

PHP文芸文庫

わらべうた

〈童子〉時代小説傑作選

宮部みゆき、西條奈加、澤田瞳子、中島 要、梶よう子、諸田玲子 著／細谷正充 編

今読んでおきたい女性時代作家が勢揃い！ ときにいじらしく、ときにたくましい、子供たちの姿を描いた短編を収録したアンソロジー。

PHP文芸文庫

いやし

〈医療〉時代小説傑作選

宮部みゆき、朝井まかて、あさのあつこ、和田はつ子、知野みさき 著／細谷正充 編

時代を代表する短編が勢揃い！ 江戸の町医者、歯医者、産婦人医……命を救う者たちの戦いと葛藤を描く珠玉の時代小説アンソロジー。